光明文丛

流年

彭毅 著

四川文艺出版社

图书在版编目（CIP）数据

流年 / 彭毅著. -- 成都：四川文艺出版社，2023.10
ISBN 978-7-5411-6757-7

Ⅰ.①流… Ⅱ.①彭… Ⅲ.①散文集—中国—当代 Ⅳ.①I267

中国国家版本馆CIP数据核字(2023)第177689号

LIU NIAN
流年
彭毅 著

出品人	谭清洁
责任编辑	谢雨环　蔡　曦
封面设计	魏晓舸
内文设计	史小燕
责任校对	蓝　海
责任印制	喻　辉

出版发行　四川文艺出版社（成都市锦江区三色路238号）
网　　址　www.scwys.com
电　　话　028-86361802（发行部）　028-86361781（编辑部）

排　　版　四川胜翔数码印务设计有限公司
印　　刷　成都蜀通印务有限责任公司
成品尺寸　145mm×210mm　开　本　32开
印　　张　8　字　数　180千
版　　次　2023年10月第一版　印　次　2023年10月第一次印刷
书　　号　ISBN 978-7-5411-6757-7
定　　价　48.00元

版权所有，违者必究。如有印装质量问题，请与出版社联系调换。
联系电话：028-86361796。

〈自序〉
写作是一场修行

人生的第一篇作品发表于2002年，当时内心曾激荡起写作的微澜。此后，阅读之余尝试着写散文和随笔。

初到深圳，满眼憧憬，从事过电子工程、质量管理、销售等工作。很长一段时间，我搁浅了码文字的步伐。庆幸的是，阅读一直是我最大的业余爱好。我崇尚自由阅读，徜徉书海，总能闯入文史、哲学、小说、诗歌的世界，书籍把我的视线和心灵带向远方。去年曾发表一篇《幸有书香伴流年》的读书笔记，心中暗想，若是将来能整理一本散文集，那就叫《流年》吧！

我印象中的光明有：光明农场、乳鸽、晨光牛奶、模具制造基地、内衣生产基地、钟表基地、科学新城等。第一次登上大顶岭，登高远望，发现认知制约了我的想象。在这片神奇的热土之上，有太多"筚路蓝缕"的故事，有太多"深港同源"的印记，有不计其数的追梦人，有锦绣的自然风光，有瑰丽的民俗与文化……潮涨潮落，岁月的踪迹真实地记载着周而复始、生生不息的真谛。

满怀敬仰之心，我一步步地走近白花碉楼、白花洞烈士纪念碑、回归亭、大雁山、茅洲河、公明老街、麦氏大宗祠、曾氏粥公家塾、龙湾古井、玉律温泉，等等。浓浓的家国情怀和悠悠的乡土气息扑面而来，睹物、倾听、探访、查阅，那些艰苦卓绝的岁月和质朴纯真的过往一次次地感动并感化着我，耳濡目染，便有了想记录这些点点滴滴的冲动。每每伏案提笔，都是一次灵魂的洗礼。

我在湘北的农村长大，祖祖辈辈都以务农为生。打我记事起，家里虽然不宽裕，但童年时代过得挺开心，或许这就是真正的"穷开心"。父母的文化程度不高，很少给我开展学科教育，但他们言传身教的勤劳与善良着实成了我一辈子的必修课。摘茶籽、挖冬笋、采茶、双抢、削砖头这些杂活都体验过；压水井、打谷机、暖火笼、篾刀、墨斗、蓑衣这些老物件都接触过；老月饼、卜辣椒、甜酒酿、蒿子粑粑这些童年的美味都饱尝过……怀旧，并不一定是它有多美好，而是我们曾经拥有过。倚窗凭栏，那些故园往事不经意间就划过我的脑海，百感交集，难免热泪盈眶。感恩过往，拥抱现实，我用叙事、议论和抒情的手法把它们真实地记录了下来，于感动中克制，自然率真地宣泄着埋藏在心底的情愫。这些文章文辞粗浅，亦平淡无奇，更谈不上文学性了。"不求完美，但愿真实"是我对"故园往事"这一辑的初心。

曾拜读远人老师的词集《愿换一江明月》，他在后记中写道："能用一种文体表达自己的情感，心愿足矣。"惊呼此言，犹如醍醐灌顶，豁然开朗。散文，是我最喜欢的文体，亦最能抒发我的真情实感。散文的本质是生命的淳朴和心灵的真诚，且具有开阔、厚实、明朗的独立形态。黑格尔曾说："美是理念的感性显现。"刘大櫆在《论文偶记》中写道："行文之道，神为主，气辅之。"由此可见，散文不只是简单的平铺直叙，而更注重境界的升华。我写《年味中的甜酒酿》，看似一道美食，实则蕴藏着父母的大爱，也记录着一个小乡村的世事变迁，浓缩了一个时代的记忆。也许，这些陈年往事，能促使一些人穿越时光隧道去回味、沉思、追问和思辨。这些流淌在字里行间的情感，若能引起一些人的共鸣，我亦心愿足矣。

掬一捧流年的清泉，望着它在指缝间悄然流逝，欣喜中略带遗憾。诚如此书中的诸多文笔：稚嫩、拙浅、并不完美。或许，不完美，正是似水流年的真实模样。文中不妥之处，敬请读者批评指正。

阅读与写作，使我能更平静地去凝视、回望这个世界。今天不是昨天的翻版，明天更不是今天的循环。希望这些散落的文字，终有一段与您相遇，见字如面，不负流年不负君。

是为序。

彭 毅
2023年3月25日 于深圳

目 录

辑一 行走光明

3 /　仰望回归亭

6 /　亲近茅洲河

9 /　雾锁虹桥春意闹

11 /　霞染明湖秋水柔

14 /　漫步公园之城

22 /　清风送荷荷正举

25 /　印象·白花碉楼

28 /　印象·大雁山

31 / 印象·虎地山

34 / 印象·明湖

37 / 印象·外环

40 / 时光深处的玉律温泉

42 / 寻找龙湾记忆

47 / 窗推一色青

50 / 空水澄鲜一色秋

53 / 临窗而读

56 / 花开半夏

59 / 盛夏的果实

62 / 甜蜜的等待

65 / 明湖观鹭

68 / 晓迎秋露忆故园

70 / 今夜月明人尽望

72 / 幸有书香伴流年

75 / 凝望清竹巷

78 / 玉塘荷香

81 / 行走在光明大道上

84 / 叶落惊秋

86 /　月色中的茅洲河

89 /　301的风景

92 /　古镇探桥

95 /　冬染阳台山

98 /　凤凰秋意

辑二　鹏城逐梦

103 /　暑假工的浪花

106 /　那些年，我在模房当学徒

109 /　幼儿园里展芳华

111 /　温暖的报刊亭

114 /　父子闲聊

117 /　一起走过的日子

120 /　保安室的字典

123 /　启　程

126 /　裁缝铺的律动

辑三　　故园往事

131 / 母亲的烟熏茶

135 / 父亲的常德情怀

138 / 记忆深处的暖火笼

142 / 后备厢的爱

145 / 三叔的流动打米机

148 / 遥寄哀思烟雨中

151 / 追忆天堂里的外公

154 / 父亲的篾刀

157 / 儿时"双抢"

160 / 十月纳禾稼

163 / 家乡的茶园

165 / 乡间漫步

169 / 斜风细雨忆蓑衣

174 / "绿皮"远去

177 / 儿时的压水井

180 / 缝补岁月情如海

184 / 墨斗寄深情

187 / 母亲的菜园

190 / 枇杷树下的守望

193 / 人在草木间

197 / 削砖往事

201 / 家乡的年味

205 / 又到茶籽采摘时

208 / 竹林挥汗觅冬笋

辑四　至美清欢

213 / 擂茶，舌尖上的乡愁

216 / 童年的老月饼

219 / 卜辣椒

222 / 初冬菜薹香

225 / 紫苏鲫鱼汤

227 / 品一口"春天"的味道

230 / 一川烟草，蚕豆飘香

233 / 年味中的甜酒酿

236 / 藜蒿炒腊肉

238 / 蕨菜飘香入梦来

辑一

行走光明

仰望回归亭

当清脆的鸟鸣唤醒熟睡的都市，我在光明的雨声中醒来。时雨时晴，烟树渺茫，但这并不影响我探访回归亭的雅兴。

车窗外，雨雾朦胧，远处的一切只剩下山峦模糊的轮廓。从光侨路转入碧果路，侧畔的大榕树亭亭如盖，浓密的树叶遮挡了部分雨滴，似有从都市瞬间进入田园的妙趣，悦目赏心。沿着狭窄的光灿路（原碧水路）前行，低矮的民房、斑驳的农家乐小院、简陋的土特产商店无不记录着曾经的农场风光与沧桑的历史。

天公作美，刚到大博山脚下，雨停了。朱红色的回归园大门映入眼帘，与绿树白云相映，可谓雄伟壮观。黑色大理石砌成的景观台，涓涓流水，白浪轻翻，或有深港情谊细水长流和绵延不绝的寓意。

穿过红色的大门，仿佛步入香港历史的画卷。漫步竹林文化景墙，两旁用大理石和花岗岩雕刻着香港的前世今生：从先秦以降隶属中原王朝到近代以来历经鸦片战争、抗日战争，于1997年回归祖国。这些石刻图文并茂地记录着香港的风雨沧桑，展示了近代香港与祖国千丝万缕的关系，镌刻着同心同德的家国情怀，每一次驻足凝视都是对历史的回望，景仰之情油然而生。

"永远盛开的紫荆花"几个金色的大字托举起鲜红的紫荆花雕塑，盛开在广场中央，似熊熊烈火，点燃了铮铮铁骨的豪情。以回归亭为中心，公园小道环绕四周，形成一个"回"字，寓意"回归"。林中有小径，曲折蜿蜒，绿荫秀郁，鸟语花香。由1997棵荔枝树组成的"回归林"，在雨水的滋润下，绿意盎然，焕发着生机勃勃的容光。

踏着花岗岩铺成的97级台阶而上，怀着敬畏之心而登，越离得近，越觉得有一股沉重的压力。抬头，已登上大博山之巅。朱红色的圆柱、金黄色的琉璃瓦，一座雕梁画栋的重檐六角亭赫然现于眼前，气派巍峨。亭额上挂着由董建华先生题写的繁体字"回归亭"，笔酣墨饱，华美自然。绕亭而观，古色古香之意萦绕其间，梁栋上刻有仙鹤、麒麟、玉兔、紫荆花、荷花等，栩栩如生。

凭栏四顾，光明美景尽收眼底。东北面的大顶岭重峦叠嶂、万木争荣，树影摇曳，与山脚下的光明湖遥相呼应。光明虹桥像一条红丝带，翻山越岭，向山顶的绿林深处延伸。风吹林动，红丝带在绿波中翻涌，此起彼伏，时隐时现，气象万千。浮桥、探桥、悬桥点缀其中，远远望去像陈列的艺术品，流光溢彩，神秘莫测。西南面可览光明农场、群众体育中心、高铁站、茅洲河、华强创意园等。车水马龙的道路，熙攘鲜活的市井，鳞次栉比的高楼，此升彼降的塔吊，眼前人稠物穰的一幕，很难与40多年前的情景联系在一起：那时的光明就是一片荒山野岭，归国华侨和老光明人，开荒地、挖水井、种荔枝、养奶牛、建农场……筚路蓝缕，在栉风沐雨中前行。把晨光牛奶、光明乳鸽、甜玉米、荔枝等打造成光明区的地理名片，才有了这翻天覆地的变化，人居环境日新月异，百业欣欣向荣。有了生态、科技、金融和人文的沉淀，崛起的光明有了高度和光芒，也有了新的使命。在时代的变迁中，光明这片热土曾经有着深港同甘共苦的印记，今日"深港同源"这四个字才愈发光彩照人。

一声雷响，无端地惹哭了漫天的乌云。视线与雨水交织，目之所及皆是一片朦胧，静坐亭中听这雨水的弦柱，别有一番滋味在心头。雨过天晴，一道彩虹在天边挂起，横跨在粤港澳大湾区的上空，霞光万丈……不禁感慨万千，试写一首《登回归亭》：

拂晓欲登回归亭，拾阶漫步觅碑文。
丰功赫赫雕英烈，青史昭昭写峥嵘。
朝霞描绘千幅画，白鹭追逐万里云。
临高一览湾区景，两制光辉雨后虹。

仰望回归亭，重温滚烫的初心，探寻绝妙的伏笔。金风徐来，似有一种呼喊在千峰万壑间回荡。

亲近茅洲河

左岸，尽显科技与艺术之美。亲近，我更愿意选择茅洲河，它裹着蓝天、白鹭、绿树和高楼的倒影，伴着孩子们的欢声笑语，一路高歌，流进一个时代的心灵。

茅洲河，发源于羊台山北麓，素有"深圳母亲河"的美誉。羊台山和石岩湖的博大胸襟孕育了茅洲河的母性，如泉似海，包罗万象。河水无言，蜿蜒向前，将花草树木、鸟兽虫鱼、人间烟火都装进了心里，把河畔的风光和故事揽入怀中。静水深流，供养着大地，滋润着万物，哺育着人丁兴旺的岭南明珠。目光抚过河面，心中泛起感动的浪花，那闪烁着的粼粼波光，不就是那无言而又深沉的母爱吗？

"凿井而饮，耕田而食。"早期生活在茅洲河两岸的先民，或许就是过着这种清静、朴素的生活。茅洲河流域，水草丰茂，土地肥沃。先民们临水而居，枕水而眠。开垦田地、种植谷物、织网捕鱼、圈养禽畜。日出而作，日落而归，代代相传，繁衍生息。河道纵横交错，多元文化在这里碰撞交融，河畔诞生了公明墟、塘下涌、清平墟、沙井老街等古街古镇。恰似河畔的芭茅草一簇连一簇，恣意生长，郁郁芊芊。

工业的兴起，污水、臭气、废弃物吞噬了茅洲河原有的模样。

茅洲河在重度污染中迷失了自我，沉沦？迷惘？无助！幽暗的河面，白鹭、翠鸟、鱼虾、水草都已离它而去。人，亦敬而远之，留下的只有杂乱无章的芭茅草和几棵孤独的大榕树……

"问渠那得清如许？为有源头活水来。"治理茅洲河，光明既是源头，更承担着中流砥柱的作用。以"正本清源，雨污分流"为核心，逐一排查。以民间河长、护河志愿者等群体巡河管理，与政府河长"手拉手"，形成全民治水护水的新机制。功夫不负有心人，曾几何时，"黑臭河"又变回了水清、岸绿、景美的"幸福河"，鱼翔浅底，鸥鹭群飞，游人流连忘返。

拂晓，沿着茅洲河河堤晨跑。河流在曦光的照射下，泛起缕缕青烟。时缓时急的河滩，偶尔传来一阵潺潺的流水声。逐水而奔，把粉黛乱子草的缠绵、鸡蛋花和芭茅草的呓语、晨风的吟唱，通通甩到了身后。紫薇花、异木棉、狗尾草、路边菊，五彩斑斓的色彩从眼前闪过，仿佛置身于茅洲画卷中，神清气爽。忽地，一条小鱼跳出水面，像一弯新月奋力地跃出云层，坠入水中，激起碎银似的水花。它打破了河面的寂静，熟睡的茅洲河被彻底唤醒，露出了灿烂的笑容。

清秋薄暮，鹏城的秋天依旧燠热，河畔的晚风却已有了些许凉意。两岸芳草缤纷，秋虫把丰收的喜悦奔走相告。景观道上的散步队伍，或踽踽独行，或三五成群，或携老，或扶幼，欢声四起，笑语频传，共享一份"疏影横斜水清浅，暗香浮动月黄昏"的惬意。骑行绿道上玩滑板车的儿童，骑自行车的追光少年，或顺流而下，或溯水而上，光影舞动，活力四射。

　　站立河边，眺望茅洲河夜景，星光璀璨，灯火温馨。觅一水域开阔处，沿着河滩中的石礅过河。顺手掬一捧茅洲河的水，抛起，散落，溅起盈盈清波，惊得不远处的白鹭，扑扇着翅膀，向对岸飞去，在河面荡起浅浅的涟漪，潇洒地降落，继续觅食。它们已经在这儿安家了，所有的喜怒哀乐，希冀与梦想，繁衍生息都与茅洲河脉脉相通。觅食、嬉戏、梳理羽毛，一河清波碎影在白鹭的簇拥下缓缓流淌。

　　亲近一方山水，我不曾读懂一条河流。在茅洲河的浪花中我看到了一群小鱼，它们在追逐青山绿水的梦。

雾锁虹桥春意闹

立春过后，几场春雨邂逅鹏城。"雨水"便踏着轻盈的舞步，摇曳着绰约的身影悄然而至。昔日虹桥被锁在茫茫雨雾之中，静谧中藏着神秘，更平添了几分朦胧之美。

沿着新城公园的步道走向云雾缭绕的虹桥，远远望去，大顶岭和虹桥披着一层薄薄的绿烟。和煦的春风已潜入到万物的心间，芳草青碧，群芳争艳，步道边的草木呈现出一派生机勃勃的景象。古人将雨水分为三候：一候獭祭鱼；二候鸿雁来；三候草木萌动。鹏城的雨水时节景象与中原、塞北截然不同，"草色遥看近却无"的风景却是如出一辙。荔枝林里的小草若隐若现，仿佛与春风和行人捉起了迷藏。龙眼树上的叶子已开始泛起了新绿，几只小鸟在枝头欢快地歌唱，虹桥侧畔的春意为欣欣向荣的春天铺开了动人的画卷。

蒙蒙的细雨依旧洋洋洒洒，虹桥的四周都是湿漉漉的，能见度越来越低，鞋底与桥面不时溅起一串串水花，似乎在提醒着我：路在脚下，路在前方。偶有云雾稀薄的一片小天地，隐隐约约地浮现出高楼和大树的轮廓，随着雾气的浓淡变幻无穷，宛若海市蜃楼一般。雨雾一团团地从山谷中溢出，杳霭流玉，如梦似幻，如诗如画。脚下的路似乎没有尽头，又似乎很快就能穿透这雨雾朦胧的一切。越往前走，苍黛凝重，雨雾并没有停下来的意思。路在脚下一步步延伸开来，步履清晰的几步已然成为又一个崭新的起点。我用手指轻弹了几下虹桥的栏杆，"铛——铛——"一串串美妙的音符伴着余音在桥的另一头回荡。

"沾衣欲湿杏花雨，吹面不寒杨柳风。"临近大顶岭，风还是一阵接一阵地吹过，雨雾却稀薄了很多，林间的花草树木如同一只神掌在翻手瞬间创造出来的奇迹——从雨雾中钻了出来。高山榕的树梢上缀满了淡黄色的新叶，决明子花依旧用墨绿色的树叶托起一簇簇金黄色的花蕾，鹅黄色的枯草丛中冒出了浅绿色的嫩芽，杂草丛中几棵不知名的野花亦展露着妖娆，昭示着春天的千姿百态。即便是无人问津的野草，也在这春风中茁壮成长。猛然想起张栻的《立春偶成》："律回岁晚冰霜少，春到人间草木知。便觉眼前生意满，东风吹水绿参差。"不管是风雨的摧残，云雾的合围，都阻挡不了萌动的激情。从"草木知"到"生意满"，极富哲理地阐述了大自然的变化规律。

遥望山脚下的光明湖，芭茅草在春风中舒展着腰肢，小野鸭在波光粼粼的湖面上荡起层层涟漪，湖水在微风的轻抚下优雅地奔向开闸口，奔向诗和远方。贴近自然，才能发现山川草木的灵性与秀美。心里充盈着希冀与美好，当云雾散去，前方便是花团锦簇的春天。

雾锁虹桥春意闹，雨泽光明万物生。踏着薄雾往回走，依稀听到"虹桥二期"工地传来机器的声响，到处闪烁着橘红色的光芒。

霞染明湖秋水柔

十月的明湖，天蓝水绿。邂逅残荷与波上寒烟，才让人感觉有了些许秋意。

沿湖堤而行，路旁是参天古木。树冠盛大而稠密，枝叶旁逸斜出，偶有几朵晚开的凤凰花夹杂其间。盛夏的炙热与干旱，并未留下太深的痕迹，依旧健硕葱茏，华盖碧青，叶片闪动着熠熠的波光，在秋风里发出银铃般的声响。行走在树荫里，呼吸着沁人的幽香，心旷神怡。

拾级而下，步入廊桥，两旁皆是湖水，宛如坠入一匹柔润的蓝绸。湖面风平浪静，恰似"水如一匹练，此地即平天"。倾耳细听，碧波呢喃，似乎正与石礅窃窃私语，令人浮想联翩。

顺着廊桥的弧度漫步，广阔的湖面向前方延伸。不远处的水面上，几只小野鸭在嬉戏。一会儿潜入水中，激起涟漪圈圈；一会儿若无其事地漂着，随波逐流；一会儿结队低飞，拍打着双翅，凌波微步，身后晃动起碎银似的水花。野鸭古代称为凫，常年栖息于江河湖泊。野鸭的一举一动，在文人的笔下别样生辉，从《诗经》《楚辞》到唐诗、宋词，从"将翱将翔，弋凫与雁"

到"浦屿渔人火，蒹葭凫雁声"，再到"风叶萧萧归独鹤，烟波渺渺漾双凫"，历经千年，野鸭一直游弋于中华文化的长河中，经久不衰。几只小野鸭向远方游去，在浩瀚的湖面闪现一串黑色的小圆点，像极了散文中的省略号。

　　白鹭，我总能和它们不期而遇，共享一片碧水蓝天。堤岸边、水草中、湖面上都有它们踱步、觅食、翩飞的身影。鹭群在低空盘旋，振翅，滑翔，华丽转身，扇翅，一只白鹭向我飞来。赶忙掏出手机，试图抢拍这唯美的瞬间，可惜还未对准焦距，这轻舞的精灵又来了个华丽转身，离我而去。照片中只留下一个模糊的轮廓，白鹭却一直在我的脑海中悠然起舞。

　　湖岸边最原始的芭茅草、芦苇荡、荻花丛依水而生，墨绿的叶片逐渐变黄，在秋阳下闪耀着透明的光斑。荻花在金秋绽放，头顶穗穗的白花迎风而舞，柔情万缕。穿过湖心亭，绿树丛中一片粉色的云霞映入眼帘——美丽异木棉，艳丽动人，迷人的粉色成了秋日里一道别样的风景，引得蝶飞蜂舞，拍照者亦络绎不绝。金黄色的决明子、浅红色的龙船花、姹紫嫣红的簕杜鹃在步道旁竞相怒放，仿佛置身于春和景明的四月天，沉醉得让人忘了已是深秋。

　　湖光山色美如画，亦是生态光明最亮眼的名片。打卡亲水广场，鱼戏浅滩，鸥鹭低飞，水草鹅黄夹绿，湖面浪涌成峰。湖中山影绰绰，对岸的光明塔在荔林中若隐若现。极目四顾，山色空蒙，环湖皆树，绵延起伏。远山如黛，近水如烟，衬着无边浩渺的明湖。"碧云天，黄叶地，秋色连波，波上寒烟翠。"或许当年范仲淹所见正是眼前这样一幅空灵淡远的水墨画。融入画中，如梦似幻，目断秋水，久久未能释怀。

踏着青石板铺就的绿道而行，盛夏的荷塘美景次第在脑海中浮现。猛抬头，撞见一池残荷，我停住了脚步。望荷而呆，百感交集，"秋阴不散霜飞晚，留得枯荷听雨声"，我尝试着走近荷塘。满池的荷叶，有些褪去了墨绿的色彩，有些卷起了泛黄的叶边，有些叶片已经溃烂，只剩下蛛网似的脉络。干枯的荷茎依然以残缺之躯守望着深秋，看似寥落，实则铮铮铁骨撼人心。几条罗非鱼在枯叶下捉迷藏，荡起浅浅的波纹，"鱼戏莲叶间，鱼戏莲叶东"，鱼儿是荷叶的忠实粉丝，穿越千年，用忠贞和坚守感化着众生。枯枝残叶，相伴相依，它们将芬芳渗透到枯梗、败叶上，隐忍着不屈的灵魂，期待着新生。不禁想起李商隐的另一首诗，"荷叶生时春恨生，荷叶枯时秋恨成"，李商隐既是怜惜荷叶，更是感叹人生。残荷之美，美在残而不败。静而生慧，是光阴的赠予，是历经繁华后的淡然。秋风习习，残荷摇曳，在水面荡漾着倒影，柔情似水，孤独却最为动人。

探寻树阵广场，古树新木相间有致，佳木峥嵘，林涛阵阵。香樟树、榄仁树的果实似雨滴般坠落，穿林打叶，沙沙作响。草坪上的几只斑鸠，在枯叶堆中觅食，比盛夏时见到它们肥了不少，或许是羽毛增多的缘故吧！

登上光明塔，放眼远眺。山林深蔚，烟水微茫，明湖宛如一块无瑕的翡翠；涟漪摇曳着鹅黄的水草，悠远，苍茫……

漫步公园之城

虹桥侧畔万物醒

惠风和畅，春色撩人。鹅黄色的枯草丛中，渐次有了些许绿意，虹桥侧畔的山花、野草、荔枝树萌动着诗情，在艳阳的映照下别具风韵。

虹桥公园，地处光明东部，占地面积约4.1平方千米。西起新城公园，东接马拉松山湖绿道。桥墩沿高低起伏的山势蜿蜒而建，桥身由一条长约4000米的红色空中栈桥串联而成。虹桥气势雄伟，公园景色宜人。

从新城公园转入"虹桥入口区"，漫步虹桥，似入画中。荔枝树的新叶青翠欲滴，与光彩夺目的虹桥相映成趣。散步的老者，结伴而行，细语轻谈；晨跑的青年，步伐矫健，汗洇衣裳；嬉戏的孩童，东奔西跑，笑声不断；拍摄婚纱照的眷侣，或披洁白婚纱，或着典雅汉服，将浓情蜜意融入美丽虹桥的画卷中。更有自拍、摄影爱好者和各类主播纷至沓来，只为一睹虹桥风采。顺着逶迤的桥体而行，鸟鸣笼罩着虹桥公园，欢乐的因子在枝叶间飘荡,像和煦的春风萦绕我的耳畔,令人心悦神怡,兴致盎然。

步入"碧湖区",一湾碧水像大地澄澈的眼眸,深情地望着苍穹,似有所思。水草在春波里摇曳着,湖面倒映着虹桥的倩影。淘气的小野鸭时隐时现,拍打翅膀,泛起阵阵涟漪。风起,湖面水波潋滟,蓝天、白云、虹桥、绿树和青山的倒影在湖中荡漾,若梦一般。立桥观湖,游目骋怀,不少人流连忘返。

虹桥的"森林区"是天然氧吧,植被甚多,区内散布有总长约5400米的森林步道。邂逅郊野丛林,散步、徒步、跑步都是不错的选择。"一、二、三、四,一二三四……"激昂的口号在山谷中回荡,原来是不少公司在组织团建活动。"走虹桥,行鸿运""新起点,新飞跃""向光而行"等彩旗在山谷中飘扬。踏春、观景、逐梦,激情四射,挥汗如雨,虹桥映红了一张张青春洋溢的脸庞。

帐篷、房车和小木屋,吸引着孩童的目光,没错!那就是"森林驿站",可遛娃、可野餐、可露营。亦可围炉煮茶,让奔走的灵魂稍作休息,与挚友亲人围炉煮茶,望流云飞逝,在"拿起"和"放下"间尽享一份清欢。干枯的草地上,孩子们翻滚嬉戏,几只蝴蝶飞舞着翅膀,引得孩子们你追我赶。

细瞅一堆枯草,发现草丛中已冒出了尖尖的嫩芽。猛然想起那首《青阳》:"青阳开动,根荄以遂,膏润并爱,跂行毕逮。"不知不觉中,万物已苏醒,一种等待后的欣喜在山野中蔓延。

登顶虹桥,万物可爱。眺望远方,鳞次栉比的高楼让未来的时空充满了神奇和幻想。山风低吟,春天向我们走来。

百草园中芳草香

　　冬日暖阳，鸟鸣四野。重忆鲁迅先生的《从百草园到三味书屋》，文中字与园中景是否相得益彰？不妨步入光明百草园探访，识中药、赏美景、觅野趣、探幽境、见天地。

　　百草园位于凤凰街道，占地面积约24万平方米，是光明区唯一的中药主题公园。园内建有百草阶、妙应台、悬壶池、药香步道、调息广场、三味书屋、名方药廊、五味药田、清竹巷、岐黄广场和中医文化十景墙等景点，既能了解中草药文化和科普知识，又适合休闲漫步，环境幽雅，老少皆宜。

　　光侨路东侧，见一雕刻有"百草园"的灵芝砚台，为百草园的正门。石阶两侧金叶佛甲草、肾茶、假蒿、扶桑和美人蕉随风摇曳，芳香四溢，五彩斑斓，仿佛一卷流动的地毯，如梦似幻，养眼提神。

　　入园，红桑、龙舌兰、野牡丹、马利筋、蓝雪花等中药材的旁边都立有标识牌，详细介绍它们的名称、特征和药用价值。欲了解更多信息，可以扫描标识牌上的二维码。

　　沿着鹅颈河堤蜿蜒向前，成片的番薯叶绿意盎然。园中的稻草人和木制风车，把60后、70后和80后的童年幻化成一个概念，浓缩一段段童年的记忆，又唤起了新时代小朋友的好奇心，亲近泥土，探寻野趣与古趣，其乐无穷。随处可见的狼尾草，微风摇曳着红橙黄绿的叶片。闭目，轻抚狼尾草，纤尘不染，指尖传来大自然的温柔。温婉而移，拍照，与蓝天绿树相融，不少游客逐宕失返。

　　热衷于休闲漫步的人群，可选药香步道、环山跑道，林中苍碧漫涌，蜂蝶飞绕其间，途经岐黄广场、百草十景墙。静坐妙应台，好似梯田的别样景致尽收眼底。

清竹巷，远看似亭，近观如巷，修竹苍翠，倩影斑驳。清风徐来，竹叶沙沙作响，意境清幽，妙不可言。欣然入巷，感受"宁可食无肉，不可居无竹。无肉令人瘦，无竹令人俗"的妙趣。

走进一座古色古香的院落，两侧楹联"至乐无穷唯孝悌，太美有味是读书"，匾额悬挂"三味书屋"。书屋藏书多吗？透过镂空的窗户可见天地、见万物、见众生，汉代刘向说："书犹药也，善读之可以医愚。"把三味书屋立于百草园，或是书与药的异曲同工，此地无书胜有书。

拾阶而上，到达最后一站"名方药廊"。回望，光明的热土滋养着欣欣向荣的百草园，百草丰茂，百花争艳，红橙黄绿青蓝紫，浓妆淡抹总相宜，悦目赏心。

明湖美景四时新

初冬时节，明湖城市公园二期盛大开园。与明湖一期一脉相承，毗邻光明国际汽车城，兼具了汽车文化主题。

明湖二期以"山水花田，四镜明湖"为生态理念，依托大凼水库、荔枝林、基本农田等自然资源开发设计。新增了鹭岛花田、汽车文化长廊、儿童乐园、流光花园、空中廊桥、七彩长廊休息区、8万平米的大草坪（可露营）、玻璃栈道观景台等景点。

从明湖公园南门步入，喜欢探寻大自然奥秘的朋友，建议先打卡亲水广场。湖面波光粼粼，鱼戏浅滩，鸥鹭群飞。翠鸟、鸬鹚、灰鹭、苍鹭、小野鸭等，时而低飞，时而捕食，时而又优哉地立于枝头。若能拿起望远镜，便可仔细观察它们的行踪与一举一动；画眉鸟、黄腹鹨莺、杜鹃等在大榕树上嬉戏打闹，只闻其歌声，未见其身影，须在树底下耐心地等待，才能抢拍几张它们的倩影；麻雀和斑鸠时常在草地上觅食，适合近距离观察。

沿着青石板廊桥而行，三角梅、鸡蛋花、龙船花、凤凰花、决明子花、美丽异木棉等，夏季还有荷花、睡莲。一路繁花似锦，四季都能与花香撞个满怀，不少摄影爱好者流连其间。

踏入明湖二期的荔枝林，生机盎然。登上空中廊桥，春赏百花秋望月，夏沐凉风冬观鸟，山风和煦，步履轻盈。

拾阶而下，融入8万平米的大草坪，满目苍翠。邀三五好友搭帐篷露营、野餐，周末还有星光音乐会。宽阔的草坪也特别适合亲子家庭游玩，"老鹰抓小鸡""两人三足""白菜萝卜蹲"等游戏与不远处的儿童乐园遥相呼应，不时地响起一阵阵欢声笑语。要是天气给力，还能体验一下"忙趁东风放纸鸢"的乐趣。

亲近自然，亦可探索科技。"科技小达人"可以跟随父母的步伐走进光明国际汽车城，钢铁侠、变形金刚、古老的汽车等，令人目不暇接，亦可了解汽车的发展历史和最新技术。

公园旁的采摘园，圣女果、草莓、葡萄、时令蔬菜都已播下希望的种子，园内郁郁葱葱。热衷于采摘的朋友，可尽享一份采摘的乐趣。

徒步寻蝶大雁山

　　大雁山森林公园地处宝安、龙华、光明三区的交会处，位于长圳社区。公园总面积为1.61平方千米，最高海拔253米。既是天然氧吧，也是自然教育的生态公园。

　　公园内有一条环山健康绿道，四条登山步道；三处观石岩湖景亭及六处山林观景平台，分别为十里方台、流霞雨台、曲彩留芳、大雁亭、雁山夕照、湖山在望、飞云仙台、落雁归台、月野栖台。

　　亲子家庭、老年人可选择沿环山绿道而行，全程走完约3—4小时。从主入口往左，环山绿道两侧的斜坡上爬满了使君子、爬山虎、红花龙吐珠、金银花等藤类植物，郁郁葱葱，焕发着勃勃生机。行走在绿意盎然的画卷中，人亦精神倍爽，拿起手机与藤类植物景观花墙合拍几张属于自己的小清新、亲子照或全家福，岂不美哉？漫山遍野的荔枝树果实累累，或深红，或浅绿，或紫褐的荔枝随风摇曳，只可观赏，不可采摘，别是一番滋味在心头。

　　"智者乐水，仁者乐山"，打卡红荔溪谷，尽享一份祖孙齐乐的惬意。漫步于溪流栈道，清泉浅唱，流水潺潺。举目，仿佛一泓清泉天上来。步入溪流的浅水区，水草中有小虾出没，还可观赏形态各异的鹅卵石。

　　徜徉观蝶步道，探寻自然界的奥妙。琉璃蛱蝶、柑橘凤蝶、残锷线蛱蝶、白带黛眼蝶、蓝点紫斑蝶、曲纹紫灰蝶翩翩起舞，颇有"儿童急走追黄蝶，飞入菜花无处寻"的诗情画意。

　　小情侣或爱美人士，可选择沿登山道而行，石阶路阴凉防晒，清幽静谧，步行二十几分钟即可到山顶。伫立月野栖台，凭栏远眺石岩湖，心中泛起"过尽千帆皆不是，斜晖脉脉水悠悠"的感慨。山风徐来，湖面水波微恙，携侣眺望，秀发轻抚耳畔，似有一种《泰坦尼克号》的浪漫。

小镇风情别样浓

一元复始，万象更新。光明小镇欢乐田园的采摘园内郁郁葱葱，圣女果、草莓、茄子、甜玉米、荷兰豆在晨风中摇曳，笑迎着四方来宾。

沿楼村一号路而行，芳草鲜碧，木栈通幽。"追光农场乐园"里，各类呆萌玩偶立于草丛中，惟妙惟肖，引得孩子们欢呼雀跃地跑去围观，合影留念。

顺着蜿蜒的步道徐行，山色空濛，绿叶摇风，五彩斑斓的都市田园画卷映入眼帘，淡雅的花香扑鼻而来，心情格外舒畅。途经科普研学基地、四方街、观景台、奇境园等景点，步行二十来分钟即可到达采摘园。

沙沙作响的甘蔗林，硕果累累的番茄架，香甜诱人的草莓园，蔬果长势喜人，稻草人随风而舞，农家风味十足。花枝招展的红菜薹，绿意葱茏的小白菜，鲜嫩水灵的荷兰豆，引得远观的游客们蠢蠢欲动。步入采摘园，亲子家庭纷纷提篮持剪，奔赴一场采摘盛宴。小朋友们亦跃跃欲试，"拔萝卜，拔萝卜……"两个小朋友拔出来几个白萝卜，高兴得手舞足蹈。在胡萝卜的菜地里，拔断了几根苗，却没有拔出胡萝卜，找管理员借来了小锄头，挖开四周的土壤，橙红的胡萝卜和孩子们都露出了灿烂的笑脸。回归纯朴田园，感受农家乐趣，一串串欢声笑语在采摘园的上空飘荡。

采摘，亦可种植。感悟生态农耕的朴实自然，收获绿色食材的美味健康。秉承"让生活多点田"的理念，欢乐田园今年首推"共享农场"（租种需付费），包括田园客、农场主、小农夫等项目。"小农夫"项目适合亲子家庭，从挖土、播种、施肥、菜园打理、采摘全程参与。亲近自然，邂逅蝴蝶、蜻蜓、韭菜苗、豌豆花，沉浸式感受农耕文化的魅力，在菜地里领悟"谁知盘中餐，粒粒皆辛苦"的诗境与含义。

探访小镇风情，四季生机盎然。春天的百花谷，油菜花海；夏日的荷花池，露营基地；秋天的向日葵，农田割禾；冬日的采摘园，共享农场。漫步小镇，流连忘返，偶有一列疾驰而过的列车划破田园的宁静，把小镇的故事带向远方……

清风送荷荷正举

东方欲晓，荷塘涟漪初醒，新荷悄然怒放。

走近荷塘，翠满芳阶秀，红荷映水柔。晨雾似袅袅青烟，伴着潺潺的流水声，"荷聚未来"四个艺术字映入眼帘，颇具几分绿野仙踪的意境，又荡漾着云水禅心的韵律，美妙无穷。

循着花香而行，荷叶和荷花远不及前几年茂盛。偶有风姿绰约的一片，红莲娇艳，白莲淡雅，依旧惊艳了盛夏。荷叶似高高举起的玉盘，层层叠叠地铺展开来，为刚露尖尖角的嫩叶遮风挡雨。彤霞晓露，一片片清爽的荷叶在微风中起舞，晶莹的水珠在荷叶上摸爬滚打。风停了，水珠稳稳地卧于荷叶中心，瞪着大大的眼睛，窥探这五彩缤纷的世界。在它的瞳孔中我看到了彩虹桥、白云、绿树的倩影，如梦似幻。蛙塘有沸，天地无言。一阵疾风吹过，露珠坠入荷塘，激起了似有似无的水花。

碧绿的荷叶间，含苞欲放的花骨朵闪现。深深浅浅的花瓣托举起白色、粉色、红色的花冠，蓓蕾初开，婀娜多姿，宛如亭亭玉立的少女，娇羞中带着几丝倔强。

登上亭台楼榭，俯瞰荷塘。阳光投下的光晕与碧绿的荷叶交相辉映，湖堤岸的风穿梭于荷塘中，引得花摇叶摆，醉玉颓山，流绪微梦。硕大的花瓣中藏着鹅黄色的花蕊，花蕾裹挟着嫩绿的莲蓬。丝丝缕缕的幽香，缥缥缈缈，如梦似幻，盈袖入怀，宠辱偕忘。

"背倚同枝，根叶相守，荷合共生。大家都找找并蒂莲，看看谁的运气好。"在一片欢呼声中，我拥入寻找并蒂莲的队伍中。远观，近看，四寻，无果。在稀疏的几片荷叶中，我发现了一朵白荷，冰清玉洁，茕茕孑立。一片干枯的树叶砸到白荷上，花冠微微一颤，把枯叶甩到水中。接二连三的有树叶和枯枝砸了下来，白荷招架不住了，几片花瓣凋零而下。一阵清风吹过，白荷甩落了爬在她头上的树叶，再甩，她用铮铮傲骨诠释着孤勇者的刚强，枯枝还是不依不饶地碾压着白荷。不远处一株像令箭一样的花苞直指长空，似乎想挥起正义之剑，无奈相隔甚远，爱莫能助。一位环卫工人撑着蓝白相间的皮划艇过来，抖落了白荷上的枯枝，把荷塘里的枯枝烂叶打捞起来，收入垃圾篓中。皮划艇荡开一道道波纹，蓝天、白云、绿树又倒映在波光粼粼的湖面，一只红蜻蜓飞向了白荷，几条不知名的小鱼游了过来，吐出一串大大小小的气泡，为荷塘平添了几分诗情画意。

绕着若隐若现的堤岸徐行，浮香绕曲岸，圆影覆华池。不远处，一位母亲推着粉色的婴儿车，半掩着防晒罩，车中的婴儿似已熟睡，正享受着荷塘美梦。身旁一位3岁左右的小男孩，用左手扶着婴儿车的右推手，应该是想帮母亲出一份力。依稀听见了他们的对话："宝贝，你还记得哪些是描写荷花的诗吗？"小男孩用右手摸了摸自己的后脑勺，传来清亮的嗓音："毕竟西湖六月中,风光不与四时同。接天……接天莲叶……接天莲叶……"

　　南风微拂,清风送荷荷正举;水面清圆,荷颂清风正举荷。

印象·白花碉楼

　　白花洞，地处光明区的东大门，闻其名，令人心驰神往。碉楼，似五颗璀璨的珍珠镶嵌在最美村落的版图上。

　　从观光路转入白花路，感觉周遭的一切都"慢"了下来。远望，坐落于参天古树中的天后宫露出了金色的琉璃瓦顶，玲珑剔透，金碧辉煌。徐行，白花河（观澜河的支流）河畔，错落疏离的杨柳，临风起舞，温乎如莹。步入围肚一巷，天地肃静，古韵悠悠。走近一座颓壁残垣的墙体，高约4米，灰白色的外墙上已爬满青苔，牌匾上标注有"黄屋排北炮楼，深圳市历史建筑线索"等字样。炮楼的旁边紧挨着一座完整的碉楼，高约20米。用手轻轻触摸炮楼那早已不再清晰的纹理，时光仿佛也慢了下来。凝视，遐想，一夫当关，万夫莫开，似有一股英雄气在炮楼间飞扬。

　　穿越一片小树林，一步步地踏入这已有300多年历史的客家村落。低矮的老屋、粗壮的古树、陈旧的小院、逼仄的古巷、高低不平的石板路，古色古香，清幽雅致。坐在石凳上的几位村民用客家话闲聊着，大事小情，家长里短。男人们相互递一支香烟，妇女在冲泡着简易的工夫茶，静谧、悠闲，或者正是这片小天地拉近了邻里间的感情。得知我是来寻找碉楼具体位置的，他们疑惑的目光瞬间变得柔和起来。"慢慢行，前边转左。"

小巷蜿蜒曲折地夹在两旁的老屋中间，向着村庄深处延伸。一座深灰色的建筑矗立眼前，沧桑、雄伟、庄严，这便是周氏族人所建的白花碉楼。建于清末民初，迄今已有100多年的历史，内部为土木结构，墙体的主要建材有黄土、石灰、河沙，再掺杂稻草、竹片等夯实而成。按照"修旧如旧"的修葺准则，主体结构保存完好，内部保留着原始风貌。碉楼呈四方立体形，下宽上窄，长5.4米，宽7.95米，底层面积约43平方米；每层侧面各开一扇窗，共五层，高约20米。白花洞现存碉楼五座，分别位于黄屋排、围肚、围仔和马池田，依山环村而建，与周围的建筑相比，颇具几分鹤立鸡群的姿态，高瞻远瞩，傲视群雄。

驻足仰望，白花碉楼属于中西合璧的建筑风格。中式墙体门楣，西式顶层外廊，屋顶呈雨披状，处处散发着独特的艺术魅力。在碉楼南面有两个头朝下的"鲤鱼"雕塑，下雨时，屋顶的积水从"鲤鱼"口中倾泻而下。中西结合，既美观实用，又反映了近代中西文化交流、建筑风格相互融合的历史。俯首细观，伤痕累累的墙体、锈迹斑斑的铁门、青苔满满的窗沿，无不诉说着沧桑的过往和岁月的无情。在风起云涌的乱世，多少楼台烟雨中？曾经为族人们遮风挡雨的碉楼，现在人去楼空，在青山绿水间兀自屹立，孤独而又美丽。白花碉楼仿佛是一位沧桑的老者，在历经狂风暴雨后静静地守望着世事变迁，更像一位执着的史学家，忠实地记录着白花洞村那些逝去的光阴。

经过一条青石板铺成的小巷，西南面是一座岭南客家风格的小祠堂。"周氏宗祠"四个大字高挂于门额，两侧雕刻有楹联：汝高世德常兴业，南宗枝茂长发家。大门紧闭，轻叩木门上铜制的铺首，心头微漾着欣喜。每座祠堂都有自己的故事，心存敬畏，不忍惊扰。

沿着小巷往回走，下坡。围肚水井，静静地陪伴着白花碉楼。水井呈六边形，由青石板堆砌而成，井沿长出了杂草和蕨类植物，井口用铁丝网覆盖。与一位阿叔交谈，他说这口井曾是这一片区的主要饮用水源，哺育着一代又一代的白花人，从未枯竭。我望着清澈的井水，"上善若水，水利万物而不争"，她似一位咽苦吐甘的母亲，为脆弱的村庄而撑着。再望向巍然耸立的碉楼，他似一位百炼成钢的英雄，为最初的渴望而站着。楼与水的合力，刚柔并济，护佑着一方热土，这里的人定然是无比幸福。

回望。围屋、古井、基本农田保护界桩、菜地、芭蕉树、荔枝林，与碉楼相映成趣，宛如浑然天成的农耕水墨画。

时光荏苒，岁月倥偬。枯叶卷起昨日的繁华，白花碉楼在旧故里突兀而起，通透，豁达，独享一份孤芳自赏的寂静，尤为动人。

印象·大雁山

　　大雁山地处光明区的南大门，东临观澜，南抵石岩。藤蔓众多，蝶舞蜂飞，荔林幽香，山泉潺潺，属于较为原生态的森林公园。

　　车辆穿过外环高速的桥底，云雾缭绕的峡谷在眼前浮现，古木傲睨，冷绿万顷。别有一番洞天：墨绿的爬山虎、青绿的荔枝、紫色的簕杜鹃、嫩绿的芭蕉树、米白的金银花、浅黄的路边菊把峡谷两旁装点得绚丽多彩。骤雨初歇，花叶上还悬挂着晶莹的水珠，分外妖娆。

　　大雁山海拔仅253米，绕山体步行一圈约两个半小时。顺着人行步道而行，路边的爬山虎、鸡屎藤、金银花藤沿墙而上，郁郁葱葱，焕发着夏日里旺盛的生机。杂草丛中白色、粉色、褐色、橘黄色的小蘑菇在风波里摇晃着小脑袋，好奇地窥探着这大千世界。清泉枕磐石，飞瀑溅珍珠，一泻山泉水在沟壑中流淌，轻吟浅唱，弥漫着丝丝缕缕的烟岚。岩缝里、石墙边、老树下，青苔苍翠，朽木生菌，无不诉说着年代的久远和岁月的沧桑。

　　"啾啾……啾啾……喔……喔喔……"忽近忽远的鸟鸣在山

谷中回荡，洋溢着别样的柔情。不知不觉已到十里芳台，这是一座后现代风格的瞭望台。登台远眺，仿佛打开了光明区发展的历史画卷：低矮陈旧的厂房，现代化的光电产业园，拥挤的城中村握手楼，鳞次栉比的高楼大厦。和合共生，斑驳的水泥墙和光鲜的写字楼完美地融合在一起，共同见证着历史的变迁，共同谱写着光明崛起的乐章。外环高速车水马龙，地铁6号线逐梦而行，和谐号从隧道中飞驰而过。天地交而万物通的理念，绘成了一幅光影流动的巨画。

大雁山宁静却不孤独。微风中林涛阵阵，闻虫鸣鸟语而行，和淡淡的花香撞个满怀。沿途经过红荔溪谷、曲彩芳芳、飞云仙台、流霞雨台、燕山夕照等景点。

蜿蜒曲折的步道向山顶延伸，攀登大雁山完全找不到胆战心惊的感觉。清秀、厚重，峻岭相连，却蕴藏着生机无限。金银花、使君子、悬钩子花、草珊瑚和不知名的小野花引来了一波又一波的蝴蝶。

无须刻意跑到观蝶步道去欣赏，路旁的蝴蝶已让人目不暇接。黑褐色的琉璃蛱蝶、黄白色的柑橘凤蝶、红褐色的残锷线蛱蝶、红棕色的白带螯蛱蝶，还有白带黛眼蝶、蓝点紫斑蝶、曲纹紫灰蝶，等等。有的立于路边菊的花瓣、有的吸吮金银花的花蜜、有的驻足紫薇花的花蕊，山风徐来，玉树微倾，花舞、蝶舞、花蝶共舞。一只檗黄粉蝶，飞向含羞草的粉色花蕾，惊得含羞草瞬间闭合了叶片。挥翅，扬长而去，含羞草深呼吸，伸伸懒腰，把翠绿的叶片慢慢地舒展开来。檗黄粉蝶又飞了回来，说时迟那时快，含羞草又闭合叶片，耷拉着身子，似乎在说："我累了！"不远处，两只碧凤蝶，醉入花荫，在路边菊的花丛中双舞双飞，你追我赶，形影相随，它们在演绎着荡气回肠的《梁祝》，恪守着长相厮守的盟约。

移步换景，已到可览山湖石岩的月野栖台。山依水成景，水靠山传神。嵯峨石壁之下，山水在此珠联璧合。大雁山以沉静的姿态，贴近石岩湖的怀抱中，谦和优雅，岳峙渊渟。凭栏远眺，在蓝天白云的映衬下，石岩湖清明澄澈，葱蔚洇润。清波微涌的湖面，碧倒千山之影，光涵万里之宽，弘源寺像一颗夺目的琥珀镶嵌在碧玉的中央。张开双臂，闭目，随风，倾听大自然的合奏，放飞落拓不羁的心灵……

千般荒凉，以此为梦；万里蹀躞，以此为归。大雁山，人与自然和谐共处的典范，相见恨晚。

印象·虎地山

虎地山位于玉塘街道田寮社区，毗邻同观大道。小野花、朱蕉丛、悦动桥和荔枝林把虎地山装扮得绚丽多姿。

初听虎地山的名字，我猜想：难道这里曾经有老虎栖息？还是有与老虎有关的传说或故事？拜会一位当地居民，打听此山的来历，证实了我的猜想都是错误的，这里原本是一片荔枝林，先民们发现此山的山体形态像老虎，所以整座山头都称为虎地山。后来周边建工业园，陆续开发边缘山体，山头面积日渐减少，现存山体面积约7万平方米，不到最初的四分之一，所以现在很难看出"老虎"的形态。2020年玉塘街道对山林改造升级，增加了悦动桥、清风园、童趣沙坑、荔林花海、国防教育园等景点，正式命名为虎地山公园。

从公园东南入口处入园，美丽异木棉正开得艳丽动人，翠卢莉、孔雀兰、空心泡、朱槿、山麻杆在步道旁的灌木丛中随风而舞，争奇斗艳，淡淡的花香弥漫园中。续前行，右侧有一处荔林掩映的园中园——清风园，这是由田寮社区、志愿者和亲子家庭共同打造的"爱心菜园"。清幽的小园设有种植区、二十四节气科普区、堆肥区、工具房等，亲近自然、共建共享的气息扑面而来。由小兔子、小牛、小山羊、小松鼠组成的玩偶盆栽，花枝招展，呆萌可爱，仿佛迷你的童话世界。袖珍型的菜地井然有序，香葱、小白菜、土豆苗长势喜人，园中硕果累累，我仿佛看到了一个个亲子家庭在园中挖土、育苗、浇水、施肥的忙碌身影，挥汗如雨，其乐无穷。

顺着林中步道悠然前行，山色空濛，绿叶摇风。童趣沙坑中的欢声笑语不断，一双双稚嫩的小手，堆出了小船、火箭、蛋糕和城堡的模型。光着脚丫的小男孩，用力一踩，在沙滩中印出一个脚印，得意地笑了一声。一个、两个、三个……快要印出一条长长的足迹时，不知哪个调皮的孩子，用几捧沙盖住了他的足迹。四目对视，笑意在阳光里绽放。活力篮球区看球的人比打球的更兴奋，"好球！三分！"不少路人驻足观看，惊呼声和呐喊声不绝于耳，引得路人频频回首。

荔林花海、氧气绿谷、卵石绿道总是让人向往的，散步、打太极、练瑜伽、小步慢跑，不少健身爱好者流连其间。一条青石板铺成的小路，就像一条五彩斑斓的彩带，路旁星星点点的野花，在阳光的折射下流光溢彩。零星的几株粉黛乱子草，在微漾的绿浪中若隐若现，美不胜收。走到地势渐高处，不时传来"啾啾"的鸟鸣。荔枝树，是岭南大地无声的语言，衍化出形态各异的风格。山顶的几棵最粗壮，枝延藤绕，葳蕤蔓茏，形成了一道天然的绿色屏障，翠波暗涌。成片的紫色牵牛花点缀荔林中，百花吐蕊，翩跹的蝴蝶，轻舞的蜜蜂，惊得花瓣轻摇微颤，意境之美，令人叹为观止。

国防教育园内一架编号为3100的战斗机模型，似欲腾空而起，吸引着不少游客的目光，众人纷纷拍照留念。

徜徉园林折廊，切身体会"城在林中，城园相融"的生态理念。穿过交通安全教育长廊，前行数步，到达悦动桥的入口。拾阶而上，好似步入另一个梦幻缤纷的世界，桥下繁花似锦，桥畔绿林叠翠。沿着曲折蜿蜒的桥面而行，晴空辽远而广袤，蓝天、白云、绿树与城中村、工业园相映成趣，魅力玉塘的画卷次第铺展开来。登上悦动桥的最高点，伫立风中，极目远眺，秋色挂山巅，阳光洒大地，活力光明变幻着千姿百态的模样，在光与影的错落中呈现一种别样的壮美。

印象·明湖

　　初识明湖，竟是缘于一次堵车。驱车行驶在南光高速，望着百度地图导航上红得发紫的道路，忽然眼前一亮，在地图的东南角发现一片"蓝海绿地"。放大地图，"明湖公园"四个字赫然于眼前，从地图上看，明湖公园隶属凤凰街道，形状宛如一条海豚，头朝东北，尾扫西南。

　　带着几许好奇和期待，寻了个周末专程去探寻明湖。沿着光明大道向东而行，在公园的南门入口处步入公园，两旁的三果木和幌伞枫长得郁郁葱葱，在阳光的照射下，倩影斑驳，星光熠熠。伴着树叶的沙沙作响，地面的青砖上不时闪现出一颗颗"宝石"，有的像满月欲隐，有的似朝阳初现，如梦似幻，形态万千。径直前行，丛林幽静，鸟语花香，一排朱蕉贯穿在低矮的灌木丛中，放眼望去像一条飘浮的红丝带。鸡蛋花、决明子花和其他不知名的野花在微风中翩翩起舞，四溢的花香闯入鼻腔，沁人心脾。

　　信步徐行，发现公园中的小池塘星罗棋布，靠左边的池塘最大，像海豚的尾鳍。池塘边浅绿色的垂柳和墨绿色的台湾相思树错落有致地排列着，微风徐来，枝条在夏风中摇曳，水面上倒映出凌乱的树影，好似天上的流云变幻无穷，又似两者在遥相呼应。吹落的柳叶坠入池塘中，宛如扁舟，被阵阵微风向远方推送。

踏着青石板和鹅卵石相接的景观道，空气中弥漫着清新的泥土气息，不少参天古树屹立于两旁。高山榕、木棉、乌檀木、金合欢……各种挂着"身份证"和二维码的大树让人目不暇接。抬头再看，已经到了树阵广场。圆形的广场被几十棵榕树和木棉树围绕，共有东南西北四道隐形的门，好似一幅立体的八卦图。内圈的树木稍矮，外环都是参天大树。最引人注目的是中心那棵有着30多年树龄的雅榕（又名万年青），根须交错，枝繁叶茂，像一把撑开的大伞矗立在树阵广场的中央，欢迎着八方来客到树底乘凉。

走出树阵广场，眼前是一片绿油油的芳草地。远处一湾湛蓝的湖水微波荡漾，在草地和湖水中央有一座凸起的孤岛，上面长满了树木和野草。几只白鹭在碧空中盘旋，振翅，放松，随风而飞，从湛蓝的天幕中缓缓滑下，临近树梢，减速，"踩刹车"，微微扇动着双翅，稳立于大树枝头，傲视群雄。崔颢笔下的"晴川历历汉阳树，芳草萋萋鹦鹉洲"或许正是这番景象。与蝉鸣为伴，顺着大理石廊桥的弧度，漫步在绿意横生的小路，走向烟波浩渺的湖心亭。透过石板的间隙，依稀可见桥下的小鱼在水草中穿梭，偶尔探出小脑袋，那好奇的双眼似乎也想窥探这陆地上的大千世界，不断地在水中吐出几个大大小小的"句号"。水草和野花丛中的蜻蜓不时地点击一下水面，"嗖"的一声，一只翠鸟掠过湖面，嘴里已叼起一条小鱼，又轻盈地落到了另一根桅杆上，弱不禁风的桅杆在风涛中继续摇摆，翠鸟的双爪紧紧地抓着桅杆，享受着美食和荡秋千的惬意。湖中心的几个黑影——小野鸭，一会儿浮出水面，一会儿钻入水中，一会儿低飞几米，用翅膀拍打着水面，泛起一丝丝波纹。偶尔也有水蛇游过，眼前的明湖公园，仿佛成了百科全书的活标本。

拾阶而上，大凼水库的石碑矗立前方，方知已登上明湖公园的防洪堤。站在大堤上极目远眺，北面是绵延起伏的山峦，山峦边是层林叠翠的荔枝林，山峦下方的平地处有几亩菜地，菜农在菜地里浇水、施肥，偶尔还飘起袅袅青烟，田园风光如诗如画般倒映在湖面。瓦蓝的天空和湛蓝的湖水交相辉映，宛如一条水天相吻的弧线挂在天边。

用心感受，用脚丈量。以光为笔，以影为墨，描绘出一幅幅锦绣河山……

印象·外环

外环高速（S86）西起海上田园，东至龙岗坪地，像一条巨龙盘踞在鹏城的腹地。每次都是匆匆而过，未曾欣赏沿途的风景。偷得浮生半日闲，特邀好友帮忙代驾，静坐副驾驶，闲看车水马龙，不赶路，去感受路。

嘀嗒、嘀嗒、嘀嗒……闪烁的转向灯伴着嘀嗒的节拍，车子顺着匝道的圆弧缓缓地驶入收费站，随着ETC通道的"抬杆"，我们已汇入外环高速的滚滚车流。黛青色的路面被一条条白色虚实线隔成了双向六车道，中间的隔离带种有绿植和花草。两侧有高耸的路灯，造型简约，形状优美，势如大鹏展翅。万紫千红的花木，高低起伏的建筑，既增强了视觉冲击，也增添了城市美感，更能让司乘人员提神醒脑。

望着前方渐行渐远的车轮，不禁想起古人所修建的"秦直道"和"驰道"，那是我国高速公路的雏形。据《汉书·贾山传》记载："秦为驰道于天下……道广五十步，三丈而树，厚筑其外，隐以金椎，树以青松。"时至今日，古人的智慧和毅力都让我们敬仰和钦佩。历史的车轮滚滚向前，高速公路的科技创举亦永不停步。

　　驰骋在沙井段的高架桥上，依稀可见远方"水浸碧天天似水"的海景，还有出港的轮船和作业的塔吊。低矮的厂房与林立的高压电线杆此起彼伏，好似一道道声波的曲线，瞬间从车窗边划过。偶有宝安机场的飞机腾空而起，渐渐地隐身于蓝天白云之中。透过挡风玻璃就能同时感受到海陆空的律动，或许这是外环独有的风景。

　　片刻之间，长流陂隧道的路牌已映入眼帘。山顶的灌木丛随风舞动，隧道口的山坡上种满了紫色的簕杜鹃，两侧的花池也种有粉红色和浅黄色的鲜花。车已慢慢减速，也许是秋已至的缘故，临近隧道口，望着车窗外飘落的树叶，脑海中浮现的是"If you missed the train I'm on, You will know that I am gone⋯"（如果你错过我那趟火车，你就该明白我已离去）的歌词和画面。在隧道暖色的灯光中，感受秋日里特有的寂寥与温馨。

　　驶出隧道，却是别有洞天的景象。光明片区的道路两旁是鳞次栉比的高楼大厦，车道上偶有"货拉拉"疾驰而过。远处层峦叠翠，碧空万里无云。在白花洞隧道和章阁隧道中间（间距约两千米），有一片小山坳，山边草木葳蕤，鸟瞰林间似有小路，宛如世外桃源。

　　穿越了五个隧道，已近东部的海区了。天空中掠过几群白色的飞鸟，"晴空一鹤排云上，便引诗情到碧霄"，我正领会刘禹锡诗句的意境，好友示意要往回开了。

　　车辆刚驶入竹尾田路段，天空已是风起云涌，前方的山脉已被云雾笼罩，风雨欲来，路上已显现堵车的迹象。有几颗大的雨滴降临车顶，紧接着大大小小的雨滴像打架子鼓似的敲打着车身，雨刮器也挥舞着双臂，坐在车内可以感受一曲"高速交响乐"。司机们纷纷打开车灯，车轮卷起的浪花，夹杂着雨雾，渗透着霓虹，要是能俯观此时的外环，一定是一道最美的彩虹。但更美的是在汇流路口处自觉"拉链式通行"的车辆。

跟着大部队慢慢行驶，大块头的货柜车靠右，其他厢式货车居中，各类出租车和私家车行驶在最左边的车道。望着频频亮起的刹车灯，心宽则路更宽。看到地图导航上的红色已渐渐地变成橙色和绿色，听着引擎的轰鸣和声浪，大家各自奔向远方。

印象外环，最美的风景在路上……

时光深处的玉律温泉

偷得浮生半日闲，石岩湖畔泡温泉。20世纪90年代的石岩湖温泉度假村，闻名遐迩，游客慕名而来，其温泉的源头正是玉律温泉。

玉律古称玉勒，温泉又称汤泉、汤湖，历史悠久。据明天顺八年（1464）编修的《东莞县志》载："汤泉在黄金洞之北，药勒（玉勒）村前，乡人以为烹潭之所。"清康熙二十七年（1688）《新安县志》载："汤井，在玉勒村，水温暖如汤，能疗疮疾；秋冬，泉有烟气，海防周希尹命砌以石。"清朝时期，玉勒汤泉与赤湾胜概、梧岭天池等享有"新安八景"的美誉。

百闻不如一见，我亦怀着几许好奇探访。沿松白路向南而行，两座琼楼玉宇的牌坊伫立路旁，东边长圳，西边玉律。穿过玉律牌坊，经玉昌东路、玉昌西路行驶约两千米，即到"玉律温泉"。

棕榈树、美丽异木棉、修竹围绕着一座清幽的院落，典雅优美，内有十来个温泉池。拜会玉律村村民莫成安大叔，说起玉律温泉，成安大叔神采飞扬地说道："1984年修建石岩湖温泉的时候，这口温泉井凿井到100多米深，最底下的泉眼水温达到了

75摄氏度，现在的水温还有67.3摄氏度。我之前在石岩湖工作，2001年调到玉律温泉上班，已经足足21年了。"他又指着角落的温泉池，这就是康熙年间修建的温泉原址。泉水清澈见底，但水温较高，为了避免被烫伤，在每个池子的底部纵横铺放几块大石头。1997年3月，这旁边又挖了两个温泉池，都是从原始井流淌过来，温度要低一些。

谈及玉律温泉的功效，成安大叔回忆起小时候的温泉。当时这里就是一个温泉池，那边全部是农田、菜地。干完一天农活的人筋疲力尽，就坐在温泉池边泡泡脚或洗个澡，一天的疲惫顷刻烟消云散。后来经过相关部门检测，玉律温泉属苏打碳酸型温泉，富含硫与偏硅酸，还有锂、镁、钙、锰、碘、硼、溴、氟等20多种矿物质和微量元素，对缓解皮肤病、风湿病及消除疲劳疗效显著，还具有康体健身的功效。

正当我们闲聊之际，另一位阿叔拉着小拖车过来打温泉水。他笑着说："习惯啦！我们这些老人一天不用温泉泡脚，就觉得浑身不爽。"望着两鬓斑白的阿叔，精神矍铄，提水、搬运、拖车动作干净利落，这玉律温泉的功效不言而喻。

回首，看到石墙上刻有清代李可诚所著的《玉勒汤泉》：

泉沸山椒出大津，烟腾雾绕石粼粼。
探幽何处无眷鋆，解愠还须问水滨。
宛向浴沂温似玉，仿来修里胜于春。
愿将共涤尘氛去，时捧汤盘诵日新。

历经百年，依然泉涌。这是大自然对玉律村的馈赠，涌泉相报。

寻找龙湾记忆

深秋，玉龙湾公园从薄如蝉翼的晨雾里醒来，弱柳扶风，水岸疏影离离。带着历史的遗迹与回忆，南园麦公祠、麦承启祖祠、龙湾古井、村队部纷纷披上了神秘的色彩。

古老的村落

龙湾村，始建于明朝，迄今已有500多年的历史。

据《麦氏族谱》记载，明弘治十七年（1504），十世祖蘧康公从东莞周家村搬迁到塘尾，由十一世南园公落地生根而居于此，后形成村落。清同治年起，以龙湾为村名并沿用至今。多份麦氏族谱记载，十世祖蘧康公有三个儿子，长仲舒、次念臣、三南园。南园公的两房儿子为龙湾房震峰和福庆房罗山，后来罗山移居同寮村，因村内人丁兴旺、田园广阔，更名为田寮村。2004年，深圳城市化"农转非"，田寮村改名为田寮社区，龙湾村改名为龙湾居民小组，隶属田寮社区。

龙湾村地处丘陵谷地，最初管辖区域较广。后来部分地块征收，用于修建工业园区或拓宽马路。现存版图面积5.4万平方千米，东临甲子塘，南接玉律，西至沙井，北抵塘尾。现有村民300余人，主要姓氏有：麦、叶、梁、陆。龙湾村传统种植作物有水稻、薯类、花生、豆类等粮食作物和经济作物。村境内特色农产品有龙眼、桂味荔枝和糯米糍荔枝。特色传统美食有松糕、咸肉粽、煎堆等。

龙湾村形成于清代的婚嫁习俗比较特别，若是家里有几个兄弟姐妹，必须哥哥先结婚，然后弟弟妹妹才能婆嫁，顺序不能错乱。要是弟弟妹妹先结婚，必须在弟弟妹妹的新（闺）房门上挂一条哥哥的裤子，让他（她）们从裤子底下钻过去，以示长幼有序。

历代龙湾人开垦荒地，筚路蓝缕，为今日之繁荣奠定了基础。后起之秀知史明理，与时俱进，勤奋拼搏，先后涌现了革命烈士梁汉球、东江纵队战士麦咸苏等优秀的龙湾儿女。

麦承启祖祠

从松白路转入龙湾路，秋阳正好，微风不燥。光影斑驳的旧村，南园麦公祠和麦承启祖祠古朴素雅，温润中闪烁着光泽。

在同一村落修建两座祠堂，在岭南是比较少见的。我带着疑问拜会了麦承启祖祠筹备委员会负责人麦汉南先生。他向我介绍道，麦承启祖祠始建于明代，占地面积400平方米，在清代、民国都有重修。2017年龙湾村组织捐款捐物，于原址进行了大规模的修葺，部分门框、窗花和柱子仍用旧件，只有瓦片和横梁全部进行了更换，已定为光明区不可移动文物。

祠堂是岭南人灵魂的栖息地，也是一个家族的变迁史。我亦怀着敬畏之心仰望，一座黛瓦灰墙、雕梁画柱的祠堂矗立于眼前，庄严肃穆，气宇非凡。麦承启祖祠的牌匾高悬于门额，红底金字的楹联"珠玑衍派，宿国家声"挂于两侧。楹联中的"珠玑"是麦姓始太祖铁杖公的故乡，据《麦氏族谱》记载，麦铁杖（538—612），南雄百顺人，隋唐十三位猛将之一。好交游，重信义，能日行五百里，臂力过人，骁勇善战，屡建奇功。大业八年（612），隋炀帝率大军出兵辽东，征伐高句丽，麦铁杖被任命为大军先锋，沙场力战而死。隋炀帝诏其节高义烈，身殒功成，追赠一品光禄大夫、宿国公，谥武烈。"衍派"，繁衍派生。"宿国"即宿国公的称号。"家声"，家族的名声、声望。麦汉南先生回忆起祖辈们的教导："这既是楹联，更是我们麦氏家族的家训。时刻告诫子子孙孙们要以先辈为荣，更要志存高远，青出于蓝而胜于蓝。"在与麦先生的交谈中，我能真切地感受到这种根植于骨子里的好家风。

　　从右门步入祠堂，堂内设有屏门，为两进深一天井的布局。天井内光线通透，绿意葱茏的盆栽，给略显古朴的中厅增添了几许生机。驻足天井，似有一股浩然正气萦绕身旁。精雕细刻的窗花和岿然伫立的木柱中，依稀可以读取到这里的过往。

　　中厅内四根木柱顶着横梁，梁柱上雕龙画凤，四周粉白色的高石墙上雕刻着鸟兽虫鱼的精美图案，栩栩如生。后厅安放祖先牌位，香火旺盛，牌位两侧挂有"祖功宗德流芳远，子孝孙贤世泽长"的对联，横批"百世其昌"。既是对麦氏族人立身处世、持家治业的教诲，也表达了香火旺盛、传承绵长的美好愿景，更是麦氏家族培育高尚人文精神的追求。

喝完早茶的老人，总习惯到祠堂转一转，小坐片刻，聊聊家常。也有村民利用闲暇到这里喝茶、小聚。

当我提到麦承启祖祠与合水口、塘尾、大围等地祠堂的关系时，麦先生的脸上不觉掠过一抹骄傲的笑容。"同宗同源，一脉相承。先祖从南雄到番禺，番禺到东莞长安，长安到塘尾，塘尾再到龙湾，龙湾有一部分去了香港。只要有重要的活动，我们都会相互走动、聚会，有些还建了微信交流群。麦氏一家亲，互帮互助，血浓于水的亲情，不分彼此。"

一座小小的祠堂，承载着乡愁，推动着民间文化的发展。"夫风生于地，起于青蘋之末"，祠堂用一种信仰唤醒着苍生，在清幽平宁的院落里发酵。

饮水思源

龙湾路旁，有两口古井，间隔不到百米，均建于明代。

水井是大地的眼睛。我想这两口古井是否可以理解为龙湾的"双眼"？注视着龙湾村的风云变幻，滋养着一方百姓。第一口古井紧挨南园麦公祠，圆形井口，2017年修葺后，在外围很难看出其旧貌，井水依旧清澈。另一口古井位于龙湾村队部旁，立有"地下水环境检测井"的牌子，名为玉龙湾古井，经纬度坐标：N22.731392；E113.900938。原始井为六边形井口，修葺时在井口增加了大理石外罩，四周建有雕花围栏，颇显雍容华贵。井沿内侧长有杂草，井栏上的绳索印痕清晰可见，透露着古井的沧桑岁月。

谈起这两口古井，龙湾村的老人感慨万千："这是风水宝地，是活水，一直有清泉水流淌，祖祖辈辈都在这打水。"如今的井内安装了不锈钢网，无法再用水桶打水了，或许古井已完成了它的使命，功成归隐。老人们经过古井时，总会探出身子，望向井内，或者沿井边的围栏短暂倚靠，似乎要与昔日的老友诉说一番。

望着眼前的玉龙湾公园，童年的一幕幕在麦汉南的脑海中闪现。"这一片，原来叫龙湾鱼塘，面积比现在的玉龙湾公园要大两倍；田寮小河（大陂河的支流）原来是一条小溪，小时候我们常去抓鱼，后来改为灌溉渠；加油站过去的那一片之前是农田，后来改为种荔枝树，现在是酒店和超市。"他看了我一眼，坦言道，"小时候，我们过的也是穷苦日子。耕地没有牛，要去石岩的亲戚家借牛，走路过去牵牛，来回就是走一天。"他还回忆起90年代初有香港人在这里开玩具厂，村民们兼顾农业和家庭，为了增加收入，不少龙湾人只能去工厂拿手工活回来做。龙湾村沐浴着改革开放的春风，欣欣向荣，发生了翻天覆地的变化；龙湾人乘势而为，用自己勤劳的双手，不懈努力，才渐渐地过上了富裕的生活。

饮水思源，忆苦思甜，富而思进。用脚步丈量龙湾，内心的感动接踵而至。穿透岁月之墙，我读到了龙湾人自强不息的模样，一切都是那么灵动、鲜活。苍穹不语，先祖的暗语似乎在悠悠的小巷中回荡……

窗推一色青

冬至过后的岭南连续下了几场雨,气温骤降。时光深处,节令已悄悄地上演了隆冬的一幕。天空突然变晴了,似有冬去春来的幻觉,人亦豁然开朗,好友相约元旦假期到深圳小聚。

旭日初升,阳光伴着朝霞倾注在都市的上空。冬日的大地立刻展现出一片斑斓的色彩,四周的楼宇像涂抹了一层金色。前几天被雨雾隔离的青山和绿树又重现在晨窗中。山似相思久,推窗扑面来。遥窗相望,今日青山格外妩媚。

好友从广州出发,估摸着他们11点左右才能到。我离光明农场比较近,准备先去光明小镇转一转。行走在小镇的景观道上,目之所及都是深浅相宜的绿色,清新的泥土气味中泛着一股欣欣向荣的生气。想起上次来这里还是观赏向日葵的时节,满园的绿叶托起一张张纯真的"笑脸",像闪烁的火焰:艳丽、华美、优雅、内敛,在朗朗清风中诠释着"入目无他人,四下皆是你"的花语。

时至冬日,早已不见向日葵的身影,斜坡和菜畦中种满了其他的花草。久违的惬意,若不深度亲近大自然,总是会留下些许遗憾。我特意绕到了斜坡的一条泥巴路上，踩下去潮润润的、温软软的，似乎感受到了大地的脉搏。嫩绿的小草，翠绿的幼苗，黛青色的木菠萝，几株墨绿的芭茅也夹杂其中，如此丰富的色彩，大抵都可以称之为青色吧！我用手轻轻碰了几棵低矮的芭茅，晶莹的露珠瞬间从叶子上滑了下来，在绿叶上留下一道道光亮的痕迹。再低头时，发现刚刚的痕迹已消失得无影无踪，脑海中恍然浮现"譬如朝露，去日苦多"的诗句，或许孟德感慨的正是这番景象。

好友来电话，说已经到农场了，我匆匆赶过去。隔着老远，就看到老张和小许站在大顶岭的山脚下。走近，一抹暖阳透过树叶间洒落，不偏不倚地映在了老张的发梢上，他似乎年轻了很多。老张之前是程序员，华发早生。现在改行了，青丝变白发，白发染青丝，如沐春风。说罢，我们顺着大顶岭的登山道拾阶而上，满山苍翠，郁郁葱葱。站立在半山腰俯瞰光明湖的全貌，宝石蓝的天空和翡翠绿的湖水交相辉映，天空云随风走，水中景象万千，花木入画卷，湖景映眼帘。东南面的光明小镇上空飘起了几只风筝，时高时低，欲降欲飞，它们在时光里回旋。

返回山下，准备在农庄午餐。欢聚一堂，笑逐颜开，聊到了去年的种种变化和收获，聊到了新年的目标和梦想，聊到了曾经的年少轻狂，感慨时光飞逝。快乐的氛围在农庄中扩散开来，空气中弥漫着饭菜的香味，幸福的因子挤满了房间。我不禁推开了一扇窗，正巧后面是一块菜地，青菜、青草、青山……或许还有青春，它们顷刻间从我的眼中划入百感交集的脑海，温澜潮生。菜地里的小白菜、上海青和豌豆苗长得青翠欲滴，斑驳的篱笆下绿草如茵，菜地中间的木瓜树上长出了几个青涩的小木瓜。放眼远望，是一片辽阔的苍茫，也许翻越这山岭，山的那边依旧是生机盎然——清风吹过的地方，写满了希望。

窗推一色青，是初见？是重逢？还是柳暗花明又一村？

空水澄鲜一色秋

　　大雁山的爬山虎红了，红飞翠舞，空气里满是秋天的味道。落霞铺满苍穹，火烧云倒映在石岩湖中，绘就一幅秋日的剪影。

　　踏着秋色来到山脚下，上个月还是绿意葱茏的荷塘已出现不少残荷，杂乱无章地立于荷塘。几朵墨绿色的莲蓬执着而又谦卑地弯下了腰，把盛夏的恩情全部写在脸上。干枯的荷叶、凋零的荷花、光秃秃的荷叶秆随风摇摆，几分悲凉。我的心中激起阵阵浪花，拍打在岁月的乱石上。昔日的繁华在眼前浮现，只留下中华先贤的壮丽诗篇："菡萏香销翠叶残，西风愁起绿波间""此花此叶长相映，翠减红衰愁杀人""风来秋雨斜，风止残荷现"……

　　缓步徐行，斑斓的色彩接踵而至。步道旁的变色木、花叶青木、龙船花、合欢花的叶片泛起鹅黄，深褐色、浅黄色的叶片从绿植中跻身而出，跳跃着从路旁绵延至山顶，又从天际铺展到眼前。南洋楹、三果木、大叶榄仁的树底已堆满黄叶，或舒展，或微卷，或残缺，形态各异，层层叠叠，似有几分"满城尽带黄金甲"的气势，踩上去发出"沙沙"的声响。聆听百鸟归林的啁啾与欢鸣，风轻轻地呜咽，丝丝凉意从脸颊掠过。"惊起归鸿不成字，辞柯落叶最知秋。"枝与叶在微风中碰撞、缠绵，尽情地演绎着离与别，坦然，飘落。片片飘零的黄叶，如诉如泣，似诗歌般柔美，沾了墨香，染了雅致，它们在诗歌的国度里轻舞飞扬。

香樟树的树干上出现一支蚂蚁军团，几只大蚂蚁领头，后面成群结队的蚂蚁搬运着昆虫、花瓣、残缺的叶片，步伐整齐，队伍井然，从树梢到树干，再到树底的泥巴路，一直顺着青石板的岩缝前进，我想在不远处应该就是它们的家了。不禁莞尔一笑，蚂蚁也懂秋收冬藏的道理？恍然想起《尔雅·释天》："秋为白藏……为收成。"释义为秋天在五色中对应白，气白就要开始收藏了。"收成"包含收获和成器的两层含义。收获了要懂得收敛，丰收过后的冷静与沉思，更符合秋天的气质。颗粒归仓的五谷，大器晚成的理念，这些都是几千年智慧的延伸。或者说这就是大自然的规律，蚂蚁亦深谙其道。

林中光线渐暗，低矮的灌木丛中偶有忽闪忽闪的光源。细瞧，果然是萤火虫，忽高忽低，时近时远，似点点星光，陪伴着我前行的路。莫道桑榆晚，为霞尚满天。临近山顶，凉意让我有些始料不及。幽幽的秋色扑面而来，晚霞即将退场，一轮皎洁的明月已爬上半空。

"月亮好圆啊，还有光晕。""这夜色中也有蓝天白云。""今晚的月色好美！来，再给我拍几张。"……在一片片惊喜与赞叹声中，看到不少盛装男女拿出手机，或选景，或合影，或自拍，可能还有直播。在山顶看日出的常见，等月亮的却少有。原来他们和我一样，只是偶遇，在壬寅孟秋和明月撞个满怀。

明月出天山，苍茫云海间。月亮还在上升，星月交辉。松白路的路灯和远处的霓虹已黯然失色。夜空蔚蓝如洗、澄明如镜，晚归的白鹭、鸬鹚不时地鸣叫一声，高飞而过。遥望石岩湖，湖水澄碧，周遭的山峦郁郁葱葱地倒映在湖中，橙红色的圆月在湖心更加夺目动人。晚风在湖面掀起薄薄的褶皱，微晃着波光，如熠熠星光，似点点鱼鳞。山峦、大树、高楼、皓月在水波的涌动中变幻着面貌，给人一种磅礴的美感和视觉享受，如梦似幻，摇曳着别样的柔情。湖泊是大地的眼睛，她也正望向这浩瀚星空，与秋月诉说着日月千秋照，江河万古流……

　　花、鸟、虫都睡了，我沐浴着月光下山。

临窗而读

　　光明图书馆和友谊书城是我的阅读圣地，尤喜临窗而读，当书中的世界与窗外的烟火不期而遇，激起万千遐想。

　　之前出差较多，订高铁票首选A或F座，乘坐飞机亦喜欢靠窗。在一个相对密闭又逼仄的空间里，靠窗的位置是充满诗情画意的一片天地。戴上耳机，翻阅几本杂志，歌曲或书中的诗和远方在脑海中浮现。凝视，窗外成片的油菜花映入眼帘，可见蓝海绿地，可观焕彩云霞，行云流水，一路生花。回眸，静心的阅读者，忙碌的键盘族，白首捣鼓着保温杯，还有刚被哄睡的小娃，人间百态，唯美如画。虽是走马观花，却能大饱眼福，心情也随之通透畅达。手捧一书，岿然不动，向内融入人潮汹涌的人群，向外探视五彩缤纷的世界。既处喧嚣之境，又居喧嚣之外。若没有这一扇窗，眼前的气象万千和妙趣横生又从何而来？

　　多情细腻的古人，对窗更是情有独钟。"短篱寻丈间，寄我无穷境"，一扇木棂小窗，隔着米白色的窗纱或白纸，好似变幻无穷的画框，诗词歌赋都流淌在镶嵌的窗格里。窗也是诗人歌咏的永恒题材，一首首唐诗宋词元曲从画框里"走"了出来。"何当共剪西窗烛，却话巴山夜雨时"，李商隐在窗前写下了寄托深而措辞婉的思念；"窗含西岭千秋雪，门泊东吴万里船"是杜甫身居陋室，眼中所见的远近风景，表达了诗人渴望国泰民安的情怀；"昨日邻家乞新火，晓窗分与读书灯"，家徒四壁，三更灯火五更鸡，正是男儿读书时，若没有小窗传递那破晓的鸡鸣，挑灯苦读的时光便少了几许悲壮。辛弃疾在《清平乐·独宿博山王氏庵》中写道："屋上松风吹急雨，破纸窗间自语。"通过"自语"二字将风吹纸响拟人化，把窗户的破烂生动而形象地展现出来，也暗示了作者容颜苍老而壮志未酬的悲愤之情。

"盈盈楼上女，皎皎当窗牖"，女主人独立楼头，倚窗当轩，容光好似云中之月，意境唯美，令人浮想联翩。同样是窗前对镜梳妆，在苏轼的笔下，却是无尽的相思："夜来幽梦忽还乡，小轩窗，正梳妆。相顾无言，惟有泪千行。"在诗人的梦境里，二人默默相对，惨然不语，泪落千行，凝成了一阕痛断肝肠的词，这扇窗也成了苏轼永远的思念。

窗，见证着不同的喜怒哀乐。如何阅读窗里窗外的风景，主要取决于人的心情。欧·亨利的短篇小说《最后一片叶子》中的情节：画家琼西患上了严重的肺炎，病情恶化。她将生命的希望寄托在窗外最后一片藤叶上，以为藤叶落下之时，就是她生命结束之时，一步步失去了活下去的勇气和信念。惊奇的事发生了，尽管窗外狂风暴雨，锯齿形的叶子边缘已经枯萎发黄，但它仍然长在高高的藤枝上。于是她又重拾生的信念，顽强地活了下来。后来才知道，是年过六旬的贝尔曼在一个风雨交加的夜晚把树叶画上去的。贝尔曼却因此而染上了肺炎，在他生命的最后时刻，他终于完成了令人震撼的杰作。这时的窗，见证了奇迹，也写满了人间大爱，更闪烁着真、善、美的光辉和力量。

茫茫宇宙，芸芸众生。窗是生活里不可或缺的存在，眼睛是心灵的窗户，窗也是很多载体的眼睛。汽车、楼房、飞机、轮船有了窗才有了灵气，明眸善睐，传递着各种情感或信息，也引领着人们去探寻外面的精彩世界。推开时间之窗，清风明月拂过耳畔，任窗外云卷云舒，静观其变；阅卷中潮起潮落，豁然开朗。

临窗而读，观风望月。书亦是窗，心亦是窗。

花开半夏

岭南的夏日，一夜之间被街头巷尾的凤凰花给点燃。那抹绚丽的红，尽情地渲染着这座城市的浪漫与激情。风吹花落，空气中似乎还夹杂着几许离别的忧伤。

我上下班的那段路上，有几棵凤凰树。粗壮的树木，枝干上垂下几棵皂荚形状的果实，没有花和叶的抚慰，寂静冷清地伫立在路旁。路过时，我不禁深情地凝望，期待它开出满树的繁花。熏风轻抚，凤凰树上泛起了星星点点的花苞儿，不仔细看，还以为是嫩叶，它们积蓄着所有的力量，静静地等待着。一个不经意的抬头，凤凰花"噗"的一声绽放了。一天天，一朵朵，一串串，一簇接一簇，一团挨一团，盖了叶，遮了枝，染红了树冠，染红了整座城。它们无所顾忌地怒放着，好似特立独行的姑娘，个性十足，又楚楚动人。

叶如飞凰之羽，花若丹凤之冠。天高，云淡，在湛蓝的天幕中，马路旁、公园里、城中村、街边巷口，红色的花朵与天上的云霞交相辉映，美妙绝伦。乱花渐欲迷人眼，真不知是阳光染红了凤凰花，还是凤凰花的火红绚烂把骄阳撩得更加猛烈。突然觉得凤凰花真是"百搭",钢筋水泥的都市楼宇、窗明几净的玻璃幕墙、古色古香的院落、颓壁残垣的老宅都有凤凰花的身影,但我更喜欢后两者。在幽幽的宽窄巷邂逅一树凤凰花,浸透着人间烟火,淳朴可爱,觑得此中情致,心生欢喜,或许这就是原生态的缘故吧!

仲夏的风,扯几朵天边的云絮,就化成了雨。一场急雨把我和女儿"赶"到了凤凰树下,稠密的花叶丛阻挡了一部分雨滴,偶有花瓣摇曳而下,别是一番滋味在心头。女儿说要是明天还下雨,她们就拍不了毕业照了,我不觉一笑,幼儿园毕业有啥好在意的。女儿看出了我的漫不经心:"除了艺术照,我们还会穿礼服拍集体照哦。"她又看了我一眼,"有几个同学要回老家上一年级了,她们就不在深圳读书了哦。以后大家在一起玩的机会很少了,老师说这是很珍贵的照片,我会很想念她们的……"女儿拾起一朵飘落的凤凰花放在我的眼前,五片花瓣,浅黄色的花蕊已经凋零了几株,花萼依旧鲜艳,花朵依旧灿烂,似乎在诠释着火热、青春、离别和思念的花语。

"爸爸,你闻闻,香吗?"淡淡的花香和涩涩的青春随之荡漾开来,思绪飘到了我的校园时代。我读书的城市是有凤凰树的,但那时我真没怎么去关注。步入6月,温馨而又伤感的离别气息在校园里弥漫开来。凤凰花的烈焰将同学的激情点燃,大家踌躇满志地奔赴考场,奋笔疾书,劈波斩浪。在这青葱的校园,我们洒下了汗水,拓宽了视野,掌握了知识,收获了友谊,奈何天下无不散之筵席。与同学相拥,和老师告别,背起行囊,不时地回望校园的方向,带着不舍和惆怅到了离别的车站。在忐忑不安中等待,邮递员带来一个个的惊喜与失望,有人金榜题名,有人名落孙山，有人提前步入社会，有人再学一技之长。一个个青春梦想或人生转折都将在这时起航，道声保重，来日方长。岁月缱绻，当年的老同学、好兄弟，现在依然是朋友圈的点赞之交。

　　雨停了，凤凰花露出了笑脸，在微风里摇曳成一片旖旎。密密匝匝的花与叶沙沙作响，斑驳的阳光在枝叶间散落，树影、叶影、花影在落英缤纷的地面上无忧无虑地跳跃着，仿佛在诉说着夏日的约定，仿佛在回忆着似水年华，凤凰树下温柔得像一首诗。抬头，雨滴还在花瓣上流连。女儿说她想多捡一些凋落的凤凰花，做成标本送给同学……

　　浓烈的红轻染了云霞，以梦为马，不负韶华，凤凰花和莘莘学子把昂扬的热情定格在盛夏。花开半夏，葳蕤生香。

盛夏的果实

　　暹芭来了，杧果、荔枝、龙眼、黄皮在台风中飘摇，是享受着大自然的恩宠？还是一场自我身心的救赎？树下一片狼藉，心灵些许慰藉。

　　雨停，风力4—6级。风不时呼啸而过，或急或缓，或轻或重，墨绿的波涛此起彼伏地翻涌着。一根蛛丝缠绵着一片小黄叶，从杧果树上垂了下来，轻舞飞扬。顺着蛛丝的方向，我发现了上个月见到的那个小杧果，现在已长成拳头大小，黄夹绿的外衣格外秀丽。绕着树走半圈，大大小小的杧果躲藏在层叠交错的绿叶丛中，透着绿，泛着黄，楚楚动人。偶有几个"淘气包"，挂在半空中荡秋千，没有叶片的拥护，从外表看比其他的兄弟姐妹要成熟很多。低头，树底下没有杧果的身影，它们是这次台风中的幸运儿，或许该称呼它们"果坚强"。

　　忽来风雨声，果落知多少？荔枝树下铺满了树叶，不少荔枝躺在凋零的落叶上。空气中弥漫着荔枝特有的酸甜味，我捡起一颗荔枝，剖去紫红色的外衣，露出和田玉般的果肉，晶莹水润，洁白无瑕。入口，清甜，爆汁，香气直袭味蕾。在愉悦的清甜里行走，顿感脚步轻盈。举目，碧空如洗，蓝得醉人。绿叶容光焕发，鲜红色、紫红色、青绿色的荔枝迎风招展，窈窕温婉。我仰望着硕果累累的荔枝树，春花，夏果，经历多少风雨，历经多少磨难，才能修成正果？游目骋怀，凋落在落叶上的红色荔枝，给人一种视觉冲击和某种心理暗示。我又捡起一颗荔枝，它不是凋零，是归隐，是重生，是吐故纳新。阅历的殷实让它再一次回到大地的怀抱，那饱满的果实无不细诉着月盈则亏的唯美！

"绝品轻红扫地无，纷纷万木以龙呼。实如益智本非药，味比荔枝真是奴。"在唐宋时期多有文人骚客把荔枝和龙眼放在一起吟诗作对。眼前的这几棵龙眼树似乎要晚熟不少，旁边荔枝已红得发紫，龙眼还是一簇簇青绿色的稚嫩果实。在阳光的照射下，光彩夺目，仿佛从《诗经》里走出来，青涩之美，美得让人窒息。麻雀和画眉鸟在龙眼树的枝叶间跳跃，或轻啼私语，或引吭高歌，轻抚着龙眼的耳廓和心灵——迎接盛夏，快快长大。

"叮咚、叮咚……"微信提示音接二连三地响起，我打开手机，一串串的"恭喜恭喜"和热烈祝贺的表情符号铺天盖地地弹了出来。在微信群中"爬楼"，我终于看到了引发这次轰动的首条消息：仓库周主管的儿子高考成绩644分，湖南省排848名。群中沸腾了，回到工厂，看到周主管脸上洋溢着笑容，镜框都快掉下来了。同事们都为他感到高兴，周主管在我们厂工作快六年了，他老婆在另一家电子厂做品检员。不要说陪读，就是团聚也就是春节那几天。他儿子自律自强，品学兼优。我打趣道："这都是优良基因传承的，父亲做仓管，数据观念强；母亲做品管，品质意识强。"周主管憨憨地笑了笑："哪里，哪里。"镜框后的喜悦远胜于他自己获得的每一次荣誉。

炎炎夏日，恰逢高考放榜。火热的青春，更需要火热的激情去奋斗。精诚所至，金石为开，高考不是唯一的出路。希望与力量、滋养与成长、征途与攀登，任何一条路都需要全力以赴，才有春华秋实的可能。书架静穆，寒窗微凉，孤独与迷茫如野草般生长。伏案而学，推窗而望，我仿佛看到了一位翩翩少年奋笔疾书的模样……

盛夏的果实，摇曳在火热的7月，亦是南国一道别样的风景。和风低吟，惊艳并点化着众生。

甜蜜的等待

沿着蜿蜒的山路攀爬亚婆髻山，嗡嗡声不绝于耳，依稀可见荔枝林中摆放着大小不一的褐色蜂箱。

下山途中遇上一场大雨，迅速奔向一户丛林深处的低矮小宅。"汪汪——汪汪——"一条黑色的土狗飞奔出来，不知是迎接，还是防守？一位50多岁的男人，挽着裤腿，拖着凉鞋，也跟了出来。"老乡，买蜂蜜吗？"我歉意地笑了笑："借您这屋檐避一下雨。"男主人搬出了自制的木凳子，那条黑色的狗也在不远处趴了下来。

男主人用夹着湖南口音的普通话跟我寒暄着，我猜想这确实是老乡了。"您贵姓啊？""我姓江（张）。""姜子牙的姜？还是长江的江啊？""弓长江（张）。"在闲聊中得知，老张来自湖南邵阳，20世纪90年代，在沙井、公明一带给村里的生产队开拖拉机。后来，很多种橘子、荔枝、香蕉的果园都用来建厂房了，老张就改行养蜜蜂。我顺眼扫视了一下屋内，旧木床上支着已经泛黄的破旧蚊帐，一个简易的木沙发，房间内还摆放着大大小小的铁盆和桶子，另外一个小房间估计是厨房。老张看出了我的疑惑，笑了笑说："这环境算很好的啦！哪里有花，我就把蜂箱运到哪里，住帐篷、住集装箱、住茅草房那是常有的事。"

老张回忆起刚开始养蜜蜂的那几年，在郁郁葱葱的荔枝林，在花香弥漫的油菜田，在向日葵花海，在光明农场，在东莞大岭山，在西丽果场，都有过他的足迹。"自己没经验，养的蜜蜂死亡率高，分蜂的时候蜜蜂逃走的也有。有一年在东莞，蜂箱还被别人偷走了好几个。"通过不断地摸索和总结经验，老张现在对养蜜蜂、分蜂、选场地、割蜂蜜、摇蜜等，称得上是样样精通了。

边抽烟边聊天，话题就慢慢地铺开了。"怎么没考虑回老家养蜂？"老张抽了一口烟："回家养过一年，花期太短，花也没有广东这边种类多，要是再往北方又太远了。销量也不好，又累又不赚钱。"老张说自己也想过改行，一想到艳丽的花朵总是在美好的时光里如约绽放，就忍不住打包好行囊，驾着自己的小四轮，把一个个蜂箱运向花海。蜜蜂在花丛中飞舞、采撷、授粉，一次次地奔走于花朵和蜂箱之间，空气里洋溢着甜蜜的气息，自己风餐露宿也是值得的。百花争艳的季节，兢兢业业的蜜蜂，把普通的花粉酿成了蜜糖。日复一日，年复一年，老张和蜜蜂一起辛勤地劳作着，创造着甜蜜的生活。

老张用食指轻轻抖了一下烟灰，接着说道："别人都说养蜜蜂是甜蜜事业，背后的艰辛又有几人承受得了，这是一个漫长的等待，这次差不多四个月。大部分时间就是我和我老婆在这里打理，还有一个亲戚偶尔过来帮忙。蚊叮虫咬，下雨积水。夜里下大雨，我彻夜难眠。如果下雨频率高，蜂蜜就对半减产呢。"在荒郊野岭，老张把梦想、快乐、忧伤、思念和等待都融入馥郁芬芳的蜂蜜之中。

雨似乎没有半点停下来的意思，我们又把话题转移到了孩子身上。提到两个儿子，老张的笑容比蜜还甜，大儿子已经在老家的三甲医院工作四年多了，房子也买了，国庆结婚。小儿子在天津读大学。老张很自豪，就靠自己养蜜蜂，培养出了两名大学生。采得百花成蜜后，为谁辛苦为谁甜？或许已回答老张夫妇所有的期盼和辛劳。

我买了两罐蜂蜜，老张特意给我演示一遍：让蜂蜜顺着壶口而下，一直不断丝，这就是没掺白糖水的蜂蜜。小本生意，诚信更重要，教我以后购买要学会甄别。老张说他们下一站可能去增城，国庆就回老家了。

花开而来，用勤劳的双手酿出甘甜的蜂蜜。花落而去，追逐一个个百花园，又将开启一场场甜蜜的等待。

明湖观鹭

白鹭在茅洲河边播撒下一句句诗行，振翅，掀起几缕微澜，又融入明湖公园的水墨画中。

夜雨初歇，晨风轻柔而湿润。明湖公园掩映在婆娑的树影里，岸边和湖中的水草都已蓬勃起来，虫鸣蛙叫，不绝于耳。逆风望去，草丛里、堤岸边和湖水中，有二三十只大大小小的白鹭在觅食、嬉戏。倏然间，水草中的两只白鹭一跃而起，引得其他的白鹭振翅尾随。一群白鹭在低空盘旋，像一个个芭蕾舞者跳起了《天鹅湖》，流风回雪，翥凤翔鸾，不愧是湖面上的精灵。本以为它们会降落到水草中，不知又受到了什么惊扰，几只白鹭奋力拍打翅膀，向后方喷射下几丝排泄物，朝湖边的树林飞去，洋洋洒洒地降落到了几棵大树上，似朵朵白花点缀于绿叶之间。有几只白鹭伫立在枝头，伸长脖子远眺，颇有几分神姿仙态。

"振鹭于飞，于彼西雍。"本想走近一睹白鹭的芳颜，奈何它已经在俯视我了，或许它们也不希望被打扰，也罢，距离产生美。我沿着湖中的廊桥向对面的堤坝走去，在靠近泄洪闸口的地方，隐隐约约看到茂密的水草中有异动，是鹌鹑？还是小野鸭？

再瞅，是白鹭！有两只！我屏住呼吸，蹑手蹑脚地蹲了下来。

一身洁白的羽毛，已被湖水淹没了大半，只有移步时，才能看到它那黑而细长的腿。黛青色的长喙，曲线优美的脖颈不时地探入水中，又迅速地扬起头，猛一下把头扎进水里，溅起几片水花，湖面荡开一圈圈波纹。一只白鹭抬起头，嘴里横咬着一条鱼，鱼的头和尾还在上下摆动，或者说是垂死挣扎。瞬间，松口，张嘴，白鹭抖动了几下脖子，美味已直抵胃囊。

两只白鹭，在一片葱郁的水草中悠然漫步、享受美味、轮番上演着"猎手"和"哨兵"的角色，绅士风度和淑女气质跃然于湖面，或许它们是"夫妻档"，只羡白鹭不羡仙？猛然想起辛弃疾的《鹊桥仙·赠鹭鸶》："溪边白鹭。来吾告汝。溪里鱼儿堪数。主人怜汝汝怜鱼，要物我、欣然一处。白沙远浦……"在盈盈一水的明湖，它们选择在泄洪口觅食，无疑这里是鱼、虾、田螺最集中的地方。"物竞天择，适者生存"，白鹭是很有智慧的飞禽啊！我情不自禁地站了起来，惊得两只白鹭展开双翅，离我远去。

我呆呆地站在原地，望着白鹭的倩影融入青山绿树的怀抱。"白鹭忽飞来，点破秧中绿。"脑海中浮现出家乡春耕的画面：刚刚被犁耙更新的春水田，成群的白鹭行云流水般从上空滑过，缓缓降落到春水田。或静静地立在田埂上，或在农田里觅食，或在秧苗丛中漫步，或一跃跳到牛背上打盹。人靠近它们，它们也是优哉游哉，即使飞，也就飞翔几米的距离，又继续觅食，酷似家里养的鸡鸭鹅。草长莺飞的农忙四月，因为白鹭的到来，为乡村的春耕美景图添上了画龙点睛的一笔。

怎么现在的白鹭那么不信任人类？还是此鹭非彼鹭？庆幸，

最近几年，我在深圳见到白鹭的频率越来越高了。白鹭或其他的飞禽走兽与人类同居共处无疑是一种自然的和谐。敬畏自然，当苍山披绿、河水清澄，人类和白鹭的心结便可以慢慢地解开了。

海德格尔说："人生的本质是一首诗，人是应该诗意地栖居在大地上。"诗意的世界里怎能没有白鹭呢？一群白鹭掠过湖面，波光里的倩影，在我的心中泛起涟漪……

晓迎秋露忆故园

岭南的秋，缓缓而来。一树紫薇花闯入眼帘，风起，飘落下一串晶莹的晨露，幻影朦胧，故园的秋色在我脑海中荡漾开来。

"秋风起兮白云飞，草木黄落兮雁南归。"故园的秋色似乎与"悲寂寥"格格不入，金黄的稻谷、火红的辣椒、洁白的棉花、深褐色的沙梨、黄澄澄的橘子把故园的秋色调成了暖色调，五彩斑斓。

一望无垠的田野，稻谷低下了沉甸甸的头，似乎在向大地致敬。打谷机和收割机的轰鸣声正传递着丰收的喜悦，收割、脱粒、搬运、晾晒，从田野到晒谷场，处处都是农人们忙碌的身影。收割完的稻田中留下了一串串深浅不一的脚印，或许，这是大地上最朴实而又温暖的文字，诠释着天道酬勤的含义。淡淡的稻香和清新的泥土气息弥漫开来，引得鸬鹚、白鹭、麻雀、乌鸦争先恐后地飞向田间，本就忙碌的田野显得更加热闹了。

在湘北的村庄，辣椒是菜园的灵魂。螺丝椒、黄贡椒、朝天椒、红线椒邂逅春的浪漫，拥抱夏的热情，在秋风、秋雨、秋露、秋霜的洗礼下，渐渐地变黄、变红。红辣椒缀满枝头，艳丽夺目，煞是喜人。勤劳的妇人，择个云淡天高的晴日，把一茬茬的辣椒摘回来。根据辣椒特性的不同，分门别类地晾晒起来，簸箕、木板、网筛、纤维布都派上了用场，余下的，交与阳光。东家晒、西家晒，村头巷口都是一片红火，喜气洋洋，诗情画意弥漫其间，宛如一场目酣神醉的视觉盛宴。远看晒的是红辣椒，实则晒的是颗粒归仓的喜悦与丰盈。

徜徉在故园的秋色里，山谷留给我最多回忆。入秋，山坡上傲骨的菊花迎着秋阳绽放，娇小的身躯在风中摇曳，尽显一分原始的美。奶奶嘱咐我们去采摘黄菊花，再晾晒干，做成菊花枕头，可以预防偏头痛，她常说今年不知明年事，有备无患总要好些。山边的沙梨树和橘子树即使压弯了腰，没有爷爷的允许，我们几个小孩是不敢逾越雷池半步的。每年摘果时，爷爷都会给我们讲"孔融让梨"和"陆绩怀橘"的故事，那时心里只想着吃梨和橘子，根本没心思听故事。摘橘子是秋天的盛典，红色圆润的果实堆满箩筐，也映红了爷爷的脸庞，他总是把最大最好的橘子分给儿孙们。遥想此时故园的山谷，物是人非，"碧云天，黄叶地，西风紧，北雁南归，晓来谁染霜林醉？"菊花依旧盛放，秋风萧瑟……

故园的秋色是一幅意境深远的立体画，深深印在我的脑海。时过境迁，儿时的记忆依旧镌刻在瑰丽的岁月中，不需要想起，也不会忘记。

俯身捡起一片落叶，触摸那雕刻在叶脉里的时光。落叶他乡树，客居岭南，吾心安处是吾乡。

今夜月明人尽望

仲秋，漫步茅洲河畔，余霞成绮。

临水而观，皓月携群星徐徐升起，盈盈欲坠，万里澄明。

时节如流，中秋款款而来。弦月，半月，满月，思绪随着月亮的阴晴圆缺而起伏跌宕。穿越时光隧道，古人亦把万千情愫寄托于皎洁明月，月光洒在心灵的波澜上，折射出不同的喜怒哀乐。"江畔何人初见月？江月何年初照人？人生代代无穷已，江月年年只相似。"这是张若虚见到幽美邈远、惝恍迷离的春江月夜图所发出的感慨。太白豪饮，"举杯邀明月，对影成三人"；东坡把盏，"但愿人长久，千里共婵娟"；幼安举杯，"忆对中秋丹桂丛，花也杯中，月也杯中"。古往今来，无数文人墨客遥望同一轮明月，感叹唏嘘，歌咏抒怀。归根结底是寄托思念之情，恋一段锦瑟华年，挽一曲静美辞章，心存几分诗意和美好。

月盈，点燃一首首唐诗；月亏，散落一阕阕宋词。

秋月之美，美在恬静、温润。似故人，辽阔，深情。悠然四顾，月亮走，我也走。不禁想起了故乡的月亮，错愕间，把模糊的记忆点亮。

"小时不识月,呼作白玉盘。又疑瑶台镜,飞在青云端。"这是课本上的月亮。"月亮粑粑,胡子拉碴。吃了晚饭,去找嗲嗲。"在湘北,我们把故乡的月亮称呼为"月亮粑粑"。它总是悄悄地爬上山头,遥远而神秘。在乡间原野,我和儿时的玩伴经常在月夜中行走、奔跑、打闹,它照亮我们出行与归来的路。我望着月亮,它是那样地明朗、谦逊、温和,宛如一张纯真的笑脸,生动,可爱。或从山坳里慢慢地爬起,或挂在树梢,或悬于高空,这是我孩提时常见的月亮,它就像我的童年,一直遗落在故乡的那段岁月里。

儿时的中秋,皎洁的月光照亮了乡村的每个角落。月亮散发的清辉和飘零的黄叶在夜空中飞舞,婀娜多姿,如梦似幻。家人围坐在桂花树下,听爷爷讲那些古老的传说,等待那一轮圆月,等待奶奶搬出花生、红枣和月饼。一个月饼切成四块,入胃的很少,甜蜜的滋味在舌尖蔓延,酥软可口,回味无穷。家人团聚于月下,赏月、喝茶、吃饼、猜谜语,笑声不断,其乐融融。秋风起,桂花的清香味袭来,花好月圆,物我两欢。

观群山万木,看市井繁华。今夜月明人尽望,且把秋思寄天涯。

幸有书香伴流年

初到深圳，在工厂上班。忙碌于身，寂寞于心，周末常去之处便是附近的友谊书城，均以读而不买居多。

手捧一书，席地而坐，委身于繁华都市的一角。遨游书海，尽享阅读的欣悦。翻开托尔斯泰的《战争与和平》，走进高尔基的《在人间》，还有《傲慢与偏见》《复活》《罪与罚》等，以及畅销类的心灵鸡汤《谁动了我的奶酪》《人性的弱点》，继而重读了中国四大名著。轻翻书页，墨香四溢，静静地融入书中的世界，思想会随着主人公的思维而发生变化，情绪伴随着故事情节跌宕起伏。书中是另一个精神世界的百花园，既有静谧之美，又存浩然之气。"明其理、悟其意、修身心"，书籍所带来的享受总是无比惬意。

有书相伴的日子，辽阔，丰盈。后来，结识了工厂几位喜爱阅读的朋友，他们或多或少都有自己的藏书。书非借不能读也，每次把借阅回来的书籍堆放在床头。下班归来，忘却工作中的疲倦，津津有味地阅读起来。读着读着，顿感万籁俱寂，心灵之窗随之豁然开朗。偶尔抬头望望天花板，捕捉一闪而过的灵感，寻觅高山流水的共鸣，推敲文中的诗情文意，文字的意境之美带给我诸多的幻想和乐趣。日复一日，思想在流年里升华。

"书卷多情似故人，晨昏忧乐每相亲。"购书、读书已成了我生活的一部分。慢慢地，家里的书柜挤满了各类书籍，文学类、小说类、励志类、科普类等，两个书柜已不堪重负，惹来拙荆调侃："别人的书在肚子里，你的书在柜子里。"心有不服，静心一想，言之有理。很多书籍是属于一时头脑发热而购买，而且多半没读完，或许也不会再翻。于是痛下决心，把那些赶潮流的书全部清理，转赠给有需要的人；实用类工具书、无须看第二遍的书籍，全部打包，托运回老家；经典名著必须留下。遴选再三，留存书籍仅有五分之一。读书，是以一颗包容之心接纳人世间的不完美。藏书，或许以少而精更完美。书籍给予我温暖和希冀，更让我明白了取舍。

阅读一本好书，如同交一良师益友。近两年我的书架上增加了深圳本土作家的书籍，《槐树湾纪事》《画廊札记》《街巷志：深圳体温》《梵高艺术发现之旅》等。闲暇之余，翻开扉页，阅读、思考、领悟，在本土作家的文字里总能找到一些似曾相识的感觉。品读凝练的文字，细嚼优美的篇章，在作者的字里行间总能轻嗅到自己的情愫与寄托，在喧嚣的都市里沉淀下一颗浮躁的心。既能汲取知识，又实实在在地沉浸在人间烟火里，于繁忙的俗世里多了几分闲情逸致，清欢无限。

清代文学家张潮在《幽梦影》中写道："少年读书如隙中窥月，中年读书如庭中望月，老年读书如台上玩月，皆以阅历之浅深，为所得之浅深耳。"他以"窥""望""玩"三字形容读书的态度，反映了不同年龄的读书心境，我亦深有体会。《平凡的世界》和《边城》是我最喜欢的两本书，一直立于我的书架，亦一直立于我的心中。在学生时代就已读过多次，似懂非懂，同情多于理解。步入社会后，迷茫或无助时反反复复地读，心中万千欣喜，眼前风清月明。

鸟欲高飞先振翅，人求上进先读书。在簕杜鹃悄然怒放的时节，深圳读书月活动如期而至。从图书馆到学校，从社区到家庭，处处书香萦绕。"读时代新篇 创文明典范""亲子伴读""书香润童年"等主题活动精彩纷呈。近年来，光明区大大小小的图书馆、书吧、书香亭如雨后春笋般涌现，图书类目齐全，借阅方便快捷，为全民阅读插上了梦想的翅膀。

阅读，点亮城市之光，幸有书香伴流年。

凝望清竹巷

清竹巷，隐于丛林，大象无形，劲气而内敛。微风徐来，绿影婆娑，裹挟着清风朗月一起融入或豪放或婉约的宋词中。

高楼林立的都市，壮观多于细腻，步履匆匆。天蓝得深情，邂逅清竹巷，幽雅、从容、直率、轻盈。遥望修竹，青澜似海，挺拔苍翠，力与美的结合，恰似一句句标满注解的名言。竹，清风瘦骨，凌霜傲雪，虚心有节。既与松、梅并称"岁寒三友"，又跻身于梅、兰、竹、菊的"花中四君子"之列。赏竹、咏竹、画竹，被历代文人墨客所青睐。

据《竹谱》记载："植类之中，有物曰竹。不刚不柔，非草非木，小异空实，大同节目。"清竹巷，远看似亭，近观如巷。步入巷中，倩影似碎银，竹叶沙沙作响，意境空灵。墨绿色的竹竿遒劲有力，直抵云霄。细瞧，几只蚂蚁在竹枝上忙碌着。竹叶微微颤动，似在喃喃细语，又像什么都没说。它们俯视着我，好奇抑或惊慌，热情抑或冷漠，我惊呼于古人"不刚不柔"的描述，修竹深情似无情，如挚友，傲骨中透着温良。

"虚心竹有低头叶，傲骨梅无仰面花。"我凝视一片竹叶：

翠绿，似扁舟，清丽婉约。叶片上浮着浅浅的绒毛，叶脉凹凸有致，斜阳撒下一片光晕，如巧手的工笔画把清朗的脉络勾勒得更加生动鲜明。竹枝纤细，向阳而生，枝头微微低垂，似亭亭玉立的舞者，柔软的身姿划出一道道弧线。风起，竹枝摇曳，起伏的绿浪使人陶醉。不经意间，巷中飞舞着几片泛黄的竹叶，好似失意文人的诗词，悲凉而倔强。拾起一片飘零的竹叶，我触碰到了生命的体温：叶片饱满，脉络分明，叶落归根。竹，在辽远的天宇下，与鸟为友，与树为伴，把山间野地的清苦和凄凉，浓缩成亘古的沉默，不骄不躁，奋力生长。"笋因落箨方成竹""未出土时先有节，便凌云去也无心"，望着一棵棵朴实无华而又兼纳乾坤的竹，膜拜之情油然而生。

　　与车水马龙的光侨路相比，清竹巷更适合独坐。一竹墙之隔，隔着喧嚣，隔着风雨，竟是天壤之别的世界。鼻尖飘来一缕熟悉的气息，淡雅、清新。独坐巷内，清风入怀，心旷神怡，静而生慧。举目，空蒙如烟的青翠，如梦似幻，蕴藏着一半诗情一半画意。不觉，坠入梦中，似听东坡感慨"宁可食无肉，不可居无竹""故画竹，必先得成竹于胸中"，又道"墙里秋千墙外道。墙外行人，墙里佳人笑"，似见"竹林七贤"衣袂飘飘而行，坐而论道，谈笑风生……试看王维抚琴，"独坐幽篁里，弹琴复长啸。深林人不知，明月来相照"，何其惬意？遥想克柔挥笔，"新竹高于旧竹枝，全凭老干为扶持。下年再有新生者，十丈龙孙绕凤池"，何等豁达？寄于竹而不限于竹，起于竹而高于竹，一片片竹林，成就一段段佳词名句。仰望一袭修竹，内心泛起感动的涟漪。那高耸的苍翠，流淌着苦难，也激荡着纷争。氤氲在幽幽的竹香里，轻抚墨绿的竹节，仰望郁郁葱葱的竹叶，宛如汩汩清泉注入我的心田，洗涤着我的灵魂，暂把世事纷扰抛至九霄云外，空灵、静美、惬意，欣喜盈怀。

"爸爸，快过来，这里有小竹笋。"终是女儿的呐喊惊醒了我的竹林美梦。在绿意盎然的草丛中，几棵棕褐色的小笋探出了头，正好奇地打量着蝶变光明的模样。近年来，光明各类城市综合体如雨后春笋般涌现。眺望远处此升彼降的塔吊，似乎看到了一棵棵竹子向下扎根，向上生长，梦想在尘土飞扬中绽放。

凝望清竹巷，心如止水。

玉塘荷香

走进田寮牌坊,路旁的香樟树绿意盎然。扑面而来的荷香沁人心脾,我四处张望,前行约百米,映入眼帘的是"玉石美德、塘荷情操"八个金色的大字。左侧是一片荷塘,虽然面积不大,但那风姿绰约的荷花足以称为惊艳,俨然一幅绚丽多彩的水墨画。

我迫不及待地飞奔到荷塘边,荷塘四周杨柳依依,草色青青。几朵高耸的荷花点缀在一池碧荷中,有的已经婀娜多姿地开放了,有的还是羞涩的花骨朵,有红色、白色、粉红色和浅黄色。一株株荷花亭亭玉立地站在池塘中,微风徐来,荷花在凉风中摇曳,淡淡的花香让人好不惬意。荷塘周边的草丛里不时传来虫鸣和蛙叫,仿佛在演奏一曲盛夏的交响乐。有几只红蜻蜓在荷叶丛中飞舞,盛开的荷花,含苞的花蕾,初出的莲蓬都是它们的舞台。时而点击一下水面,时而立在荷花的花瓣上,"蜻蜓点水"和"红蜻蜓点绿荷心"的唯美景象轮番上演。

站在荷塘边赏花、自拍和摄影的人络绎不绝。"好香啊!""我站这边,真美!再帮我拍一张,萌萌哒。""哇,那边那朵太漂亮了!"人群中不时传来一阵阵赞美和惊叹。荷塘仿佛成了花的世界,人的海洋。"妈妈,妈妈!这荷花太漂亮了,你帮我摘几朵带回家吧!"旁边一个扎着马尾辫的小女孩正在恳求她妈妈。"宝贝,不可以的!我们不能采摘荷花,要爱护花朵。如果折了荷花或荷叶,它们也会很痛的。这么漂亮的荷花如果被摘了,别人就欣赏不到美景了……"小女孩连连点头,同意了妈妈的意见,大家都对她投来了赞许的目光。是啊!周敦颐在《爱莲说》中写道:"香远益清,亭亭净植,可远观而不可亵玩焉!"我们爱荷花,也要爱护荷花,更要学习荷花的高贵品质。

　　围着荷塘绕行半圈,我穿过石拱桥,来到荷塘中央的八角亭。这时我与荷叶的距离更近了,宛若走进了画中。碧绿的荷叶大而且肥厚,我把手中的矿泉水倒了几滴到荷叶上,晶莹剔透的水珠在碧盘上滚动,真是"大珠小珠落玉盘"。又倒了几滴矿泉水,调皮的小水珠在荷叶上玩起了"滑板车"。荷花开在绿叶丛中,有的高出荷叶,翘首企盼,露出了灿烂的笑容;有的却躲在荷叶下方,好像一位害羞而又矜持的少女。不时有鱼儿在荷叶底下捉迷藏,一会儿游到荷叶旁冒了泡,一会儿游到八角亭的正下方乘凉,不一会儿又游到了荷塘中央,好一番"鱼戏莲叶东,鱼戏莲叶南"的恬美景象。一位两鬓斑白的老者对另一位老者说道:"光明这几年变化很大!之前这里是田寮公园,池塘臭气熏天啊。后来改造升级为党建公园,池塘的水清澈了,绿化搞好了,又新修了跑步的绿道。我每天在这打太极、散散步,现在还能欣赏荷花,真是越来越好啦!"两人边走边谈,眉目间洋溢着万千喜悦。

　　徜徉在荷塘的花海中,清风阵阵,水面上不时泛起涟漪。

顺着石桥前行，不知不觉走到了公园的西南角。"寻梦·红色U站·简阅"的书栈矗立于我的眼前，书栈的侧面有几位穿着红马甲的志愿者正在给社区居民做宣讲。书栈内的阅览室有不少阅读者，或坐在椅子上低头阅读，或席地而坐，双手捧书。典雅的荷塘，浓浓的书香，旁边的大榕树把最粗的枝干伸向了荷塘，似乎在为最美玉塘点赞！

夏日的骄阳倒映在如诗如画的荷塘中，波光粼粼的水面上，映日荷花别样红。玉塘荷香，怎能不让人流连忘返？玉塘书香，怎能不让人奋力划桨！

行走在光明大道上

光明区位于鹏城的西北部，其中一条主干道为光明大道。

光明大道整体呈南北走向，横跨光明、凤凰、玉塘、马田四个街道，全长约6.8千米。走出光明招待所的庭院，大厅中弥漫着的幸福味道尾随而来，衣服上还是泛着淡淡的乳鸽香味。践行绿色出行，沿着光明大道走一走，探寻蝶变光明的模样。

穿过光明大街地铁站，顺着光明大道向南而行，西侧有两层米黄色的低矮厂房，橘黄色字体的"维他奶"三个字格外引人注目，这比在冰箱中见到它更加亲切。走近这栋厂房，外墙的部分小瓷砖已经脱落，露出了斑驳的石灰和混凝土，路与墙的间隙里还长出了几棵小树苗，根须已无处安放。扑面而来的时代气息，让我深知这片工业园在光明发展的岁月长河中留了浓墨重彩的一笔，它承载着太多"老光明"的记忆。走到工业园的大门口，一副红底金字的对联：金牛奋进更抖擞，新凤启航正当时。伴着旁边建筑工地的隆隆声响和远方此起彼降的塔吊，这副对联不禁让人心潮澎湃。

来到华夏路与光明大道的交叉路口，东边是现代都市风格的光明城市候机楼，西面与之相映生辉的则是一排一层的老房子。有的已是颓壁残垣，有的是静谧的院落，有的门口还挂着"蜂蜜"字样的木牌，稀稀落落的几棵荔枝树下，几位居民围坐着在喝工夫茶，偶尔传出欢声笑语一串。中间只是隔着一条光明大道，一边是现代都市，一边是生态农庄，相处是那么的惬意、和谐：东曦既驾，当清脆的鸟鸣唤醒沉睡的大地，他们互道早安；艳阳高照，他们共同见证着车水马龙、人来人往；华灯初上，他们用彼此的光和热温暖着对方。

信步徐行，路过龙大高速的红绿灯，薄荷绿的"光明号"从6号线的轨道中掠过，仿佛一道绿光划过天际。望着马路上亮起的刹车灯，我特意数了一下五条车道的车牌数量，蓝牌、绿牌和黄牌车共37台，有21台是新能源车，行走的光明更是绿意盎然。

踏着青石板铺成的绿道，不知不觉已到华星光电产业园。隔着一排绿树和黑色的防护栏，可看到洁净的工业园、井然有序的停车场，还有半透明的玻璃幕墙。在很多次的展会上，这家公司的产品都引人关注，还曾经获得"中国电子信息博览会金奖"。现在伫立围墙外，只可远观，什么也看不到，难免有些惆怅。望着窗明几净的厂房，我仿佛又什么都看到了：看到工程师在研发中心潜心研究、废寝忘食地工作；看到了质检人员在精心检测、反复验证、核对各项标准参数；看到了流水线的工人在马不停蹄地生产、封装、包装；看到销售人员信心满满地站在国际舞台上把"中国智造"推广；看到了大湾区的一家家科技企业做大做强。

沿着工业园门口的步道前行，是一座横跨于茅洲河上的路基石桥，"茅洲画卷"的路牌映入眼帘。河畔绿树成荫，河岸草木葳蕤，清澈的白浪中可见鱼翔浅底，不时有小鱼跃出水面。河岸边有两只白鹭在"打盹"，缩着头，眯着眼，静似老态龙钟，动则一飞冲天。河滩中另外几只白鹭在水草中嬉戏，时而伸长脖子远眺，时而弯下身子寻觅，时而左顾右盼，它们的一举一动，让波光粼粼的水面上不时泛起涟漪。眼前的这一幕很难与十多年前的臭水沟联系起来，当年这条河确实是污水横流、臭气熏天。得益于光明人的精心治理，茅洲河又恢复了河清草绿的模样。轰隆、轰隆！旁边的挖掘机突然启动了，沉闷的声响惊得白鹭展翅高飞，为这蓝天、白云、绿树、清河的茅洲画卷增添了几许生机。

　　作别跨线桥，邂逅一段光影斑驳的小路，途经明湖公园，已临近光明大道与南光高速的接驳口。这是路的尽头，亦是梦的起点。有人说这是一条通往科学城梦想的大道，有人说这是一条赋能光明、承前启后的大道，更有人说这就是一条阔步向前的光明大道。望着一台台疾驰而过的车辆在光明大道上奔向远方，比远方更远的远方，壮志飞扬！

叶落惊秋

新城公园的决明子花依旧在竞相怒放，若不是"狮子山"和"圆规"打卡广东，雨后薄凉，真不知已是深秋。

都市的深秋，淡淡地划过笔尖。秋意绵绵，飘零的黄叶，还未来得及投入大地的怀抱，就被飞驰而过的车轮带远。总想把它的希冀与唯美跃然于纸上，追寻，已不知叶落何方。

幸甚，鹏城有很多的公园。女儿要交几件树叶的手工作品到幼儿园，父女欣然前往公园寻找落叶。在芳草鲜美的草坪上，不少落叶点缀其中：或墨绿，或鹅黄，或深红，或浅褐，形状各异，色彩斑斓。女儿四处找寻，不时弯下腰，把一片片心仪的落叶收入囊中。黄叶在秋风中飞扬，她像一只蝴蝶在落叶中起舞。

远处一簇不知名的红色花朵在微风中摇曳，暗香浮动，花色迷人。难道是彼岸花？不对，彼岸花花期只在秋分前三天，而且很少种植于公园。不禁想起昨晚《中国好声音》的总决赛，那位以一首《蔓珠莎华》让所有导师转身的女孩，最终用两首粤语歌曲《飘雪》和《最爱》夺得桂冠，收获在金秋。欲戴其冠，必承其重，深秋的美好，蕴藏着春夏耕耘的艰辛与汗水。或许正如那优美的歌词：

花不再香，但美丽心中一再想，蔓珠莎华，旧日艳丽已尽放。

十月苍穹下，秋色更迷人。阵阵秋风吹过，红花伴着黄叶飘落，树底下已是落英缤纷，枝头还剩下孤零零的几朵。脑海中浮现唐代诗人陈知玄的那首诗："花开满树红，花落万枝空。唯余一朵在，明日定随风。"花随风，叶随风，往事随风，人亦随风。都是眼中秋景，风格意境却迥然不同。"萧萧梧叶送寒声，江上秋风动客情"，这是叶绍翁眼中的秋色；"自古逢秋悲寂寥，我言秋日胜春朝"，这是刘禹锡钟情的秋天；"长风万里送秋雁，对此可以酣高楼"，这是李白在秋季的感怀；"停车坐爱枫林晚，霜叶红于二月花"，这是杜甫心中秋天的魅力；"秋风萧瑟天气凉，草木摇落露为霜"，这是曹丕笔下秋日的寂寥与哀怨；"一年好景君须记，最是橙黄橘绿时"，这是苏轼在秋末冬初的乐观与豁达。

极目四望，大顶岭、浮桥和光明虹桥悠然可见。青山环抱的光明城静静伫立，一列高铁呼啸而过，把我的思绪也带到了远方。它将开往哪里？长沙、武汉还是西安？一路向北，不管停靠哪个车站，都会经过我的家乡。此时的故土，层林尽染，瓜果飘香。在阳光的照射下，山边的荻花分外妖娆。小路上和田野里奔跑的孩童，小河边赶着鸭群的老者。村子上空飘起的袅袅炊烟，菜地里忙碌的身影，学校旁的桂花树，老房子里泛出的昏暗灯光，还有邻居家厨房飘出的板栗香味……这不正是我朝思暮想的秋天吗？故乡的秋色犹如一幅尘封已久的画卷，慢慢地在我眼前展开。抛开世俗的烦琐，躺在这片静谧的秋韵中，久久不能释怀。

人间朝暮，叶落惊秋。岁已深秋，人近初秋，莫道中年万事休，峥嵘岁月须沉淀，亦风流！

月色中的茅洲河

迎着落日的余晖，天边的幻彩云霞渐渐落下帷幕。一轮皎洁的明月悄悄地爬上了阳台山的顶峰，月色中的茅洲河宛如一条银色玉带飘在宝安和光明的夜空中。

沿着松白路向西而行，右拐来到茅洲河边，拾级而下，清风柔抚着河堤两岸的花草，波光粼粼的河面上不时泛起涟漪。河岸两旁的木棉花、黄花铃木和三角梅，在月色中翩翩起舞，分外妖娆。两边的绿道上有三五成群的行人，或边走边谈，或席地而坐，不时传来一阵阵欢声笑语。亦有中年夫妇小跑漫步，石凳上依偎着用同一副耳机听歌的小情侣，好一番"月上柳梢头，人约黄昏后"的温馨景象。偶有一个骑行者掠过，蓝牙音箱中传来："悠悠地唱着最炫的民族风……"这时，茅洲河的忠实粉丝——芭茅，也随之摇摆起来，它们像一个个亭亭玉立的舞者，时而轻盈地摇曳，时而灵动地盘旋，不时地变换着舞步和队列。在柔美的月色中它们似乎跳起了《月光下的凤尾竹》，河水伴着节拍，烟波也和着旋律。

华灯初上，顺着茅洲河畔的绿道继续前行，远处高楼大厦的

LED屏，近处商铺的霓虹，河边的路灯，对岸湿地公园挥舞着的荧光棒，和这皎洁的月光交相辉映，对影成趣，月色中的茅洲河畔仿佛是灯光的海洋。

伴随着河岸两旁的虫鸣和蛙叫，依稀可闻对岸的支流入口传来的潺潺流水声，河水在月光中泛起白白的浪花。我踏着河边的石礅，走到了河流中间的石礅上，蹲下去细看，岸边的小草亲吻着恬静的河面，有些不知名的小鱼还在水中嬉戏。河中间还有一块几尺见方、枇果形状的小绿洲，月亮被安置在水草丛中，静静的，静静的……也许她正陶醉于这美好的夜色，也许她正徜徉在美梦之中。突然有一条小鱼荡开浮萍，月亮在微波荡漾的河面上扮起了鬼脸，我想她应该是"生气了"——夜太美，梦难追。

夜色已深，灯光亦浅。不知不觉已经走了五六公里了，茅洲河的这段河道，两边的路灯间距相隔甚远，光线明显暗淡了许多。依稀可见有飞鸟在河边走动的身影，原来是几只白鹭在河水中洗刷一天的尘埃和铅华，河边还有两只白鹭在漫步，是深圳的白鹭比较时尚，有吃"夜宵"的习惯？还是它们也痴迷于这花前月下的美景？好奇心驱使我迈着静悄悄的脚步想去探个究竟，大约还有十来米的时候，却"罪过、罪过，惊起一滩鸥鹭"。天光月影之下，白鹭振翅而起，几片白色的羽毛飘落，在夜空中划下一道优美的弧线。一跃而起，它们也终将盘旋而归，因为茅洲河就是它们栖息的最美家园。

兴尽往回走，不知不觉到了同观桥。方才热闹辉煌的河岸，已经见不到行人的踪影，偶有小汽车从背后疾驰而过。站在桥上远眺，朦胧的月色中，夜空似水，皎月如冰，远山含黛，近水如烟。河流的上游耀龙鳞之斑彩，两岸的花草散鸾凤之翼屏。眼前的茅洲河河汊浅浅，潋滟澄澄。遥想如果太白临此境，是否会"举杯邀明月"？如果孟德见此景，是否会感慨"日月之行，若出其中；星汉灿烂，若出其里"？如果古人真遇此情此景，一定会留下更多绚丽的诗篇。而我们有幸见到茅洲河翻天覆地的变化，应珍惜眼前美景。

　　远离城市的喧嚣，远离尘世的喧嚣，月色中的茅洲河，真美！

301的风景

　　301是从光明农场开往银湖车站的公交车，途经宝安、南山、福田，也是跨原特区内外公交大巴的第一批车队。20世纪80年代末，301路公交从银湖往返于光明农场。90年代初改为：301A从银湖汽车站往返于凤凰村站，301B从凤凰村站往返于光明农场。车辆由当时的广州客车厂生产，属于第一代冷气大巴。阮伯经常会乘坐301去关内购买一些设备零件。

　　有一天，由于农机设备出现故障，阮伯要到罗湖去买零件。光明农场的发车时间是5:30，阮伯早早地来到站台，已经有不少人在候车了。有挑着龙眼干、荔枝干的大婶；有用蛇皮袋背着玉米的壮汉；还有提着一篮子鸡蛋的老人。车门开了，大家拿着各自的行李纷纷上车，大婶把刚刚当扇子的草帽盖到了箩筐上，把扁担竖起来靠窗而坐。"这车有冷气，真凉快啊！"

　　汽车缓缓地启动，车尾飘起青烟和尘土。经过沙井的时候，陆陆续续上来几位挑着海鲜的商贩，顿时车里弥漫着海鲜的腥味。大家都捂着鼻子，但是舍不得打开车窗。一位古铜色脸的商贩歉意地说道："不好意思！味道有点重，我们去宝安农贸市场，没多远就下车。"不知车后排哪位乘客接上了话："没事没事！我们也享受一下大海的味道。"车内一阵欢笑。

到了宝安农贸市场，车窗外人声鼎沸，挑箩筐的、背蛇皮袋的、卖海鲜的都下车了。这时上来了一个抱着泡沫箱的小男孩，大约十五六岁的样子。穿着拖鞋，皮肤晒得很黑，但眼睛特别地明澈，看到泡沫箱上的字才发现原来他是卖冰棍的。大家或望着窗外，或打着盹，或轻言细语地聊着。

"南头检查站到了，请大家准备好边防证（通行证），下车检查过关。"小男孩也随着人群涌到了边防战士的面前。"请出示边防证！"小男孩涨红了脸，"我没有，我妈妈生病了，我要去罗湖的国营药店，买了药我就回来。""你没有通行证，不能过关！"边防战士再次严肃地说道。小男孩还是站在边防战士面前诉说着、哀求着，但似乎没有任何的进展。阮伯走过去关切地问道："你要买什么药？"小男孩从裤袋里掏出一张褶皱的信纸，上面写了几种药品的名称。"如果你信得过我，我帮你带来。你到对面的站台等我，我大概下午3点经过这里。"小男孩抓出一把钱，最大面值是2元，还有5角、2角、1角，厚厚的一叠一共27.3元。小男孩激动地说："谢谢您！我到对面站台等您。"

公交车穿过南头检查站，左边是一排排低矮的房屋，右边的世界之窗正在如火如荼地施工中。走出银湖车站，路上高跟鞋、喇叭裤、牛仔装的身影不时闪现，空气中偶尔飘来香水味。阮伯先去农机店配了几颗零件，又了解了一些最新的农机设备参数，然后跑去国营药店，按信纸上的名称和数量购买了药品。

坐上了返程的301路公交车，阮伯特意坐到了副驾驶位。只隔着一层挡风玻璃，视野更加广阔。"时间就是金钱，效率就是生命。""发展才是硬道理。"一条条鲜艳的横幅格外引人注目，旁边的自行车被远远地甩到了脑后。国贸大厦、上海宾馆的施工现场，机器隆隆作响，工友们干得热火朝天。

远远地看到南头检查站的站台，那个小男孩正伸长脖子向来车的方向探望。车还未完全停稳，阮伯急忙摇下车窗，把药品和剩下的钱递给了小男孩。小男孩连忙鞠躬，边说谢谢边从泡沫箱中拿出一根冰棍递给阮伯。车子启动了，小男孩又深深地鞠了一个躬。

回首往事，阮伯满怀感慨："那时候坐公交车，最喜欢看沿途的风景。乘坐301路从光明到罗湖，看到了特区内外的天壤之别。看到了深圳速度，看到了深圳崛起！看到了深圳人的奋勇拼搏，看到了深圳人的无私奉献！"

古镇探桥

从岭南飞抵江南，开启一段苏杭之旅，随着飞机的缓缓降落，满心欢喜。心之所向，是对西湖、乌镇、周庄美景的万千憧憬。却不知，最后一站的用直古镇竟让人流连忘返。

走进用直古镇，远远望去，进入我们视线的是昂首仰天的独角神兽——用端。传说用端是帝王的座驾，其形怪异：犀角、狮身、龙背、牛尾，可日行万里，通晓四方语言，知晓远方之事，是吉祥之兽。脚下是花岗岩、鹅卵石、青砖错落铺垫的石桥。弯弯的小河，悠悠的流水，两旁的依依垂柳，桥畔的黛瓦白墙，河边正在洗涮的蓝衣女子，伴随着摇橹船的渐行渐远，悄悄地消失在江南水乡的画卷中。

用直素有"桥都"之称，现留存下来还有40多座。听着耳旁传来的吴语评弹小调，穿梭在纵深逶迤的小巷，邂逅一座座形态各异的石桥。经过用直古桥，来到了角直拱桥的鼻祖——和丰桥。它始建于宋朝，也是用直最早的桥，属于单孔拱形石桥，桥上刻满了浮雕。桥身呈南北走向，横跨于东西市河的交界地带。踏着河岸的石板路前行，沿途的桥、梁、亭、拱样式各异，百态千姿。有多孔的大石桥，单孔的小石桥，平窄的直铺桥，宽阔的弧形拱桥。触摸石桥的纹理，探寻历史的印记，历经岁月的洗礼，却历久弥新，又焕发出勃勃生机。

水流纵横，游人如织。"香花桥"边有不少人拍照留念，移步换景，神采飞扬。香花桥并没有繁花似锦，只是绿意盎然：旁边有高大的香樟树和银杏树，小河中不知名的绿藤已蔓延到了桥墩，爬山虎顺着拱桥的弧度布满了大半个桥身，桥的内侧零星地长了几块大大小小的青苔。

石桥密布，贴水成街，居民都是枕河而眠。"进利桥"的石街下方，有位阿姨正在漂洗衣服，随着她把手中的衣服一刷一搓，河面上泛起阵阵涟漪，一拧一甩，河水拍打着彼岸的石头，在河对岸的岩石上留下深浅不一的印记。偶有一艘小船划过，水位的高低起伏也使得岩石和河水若即若离，在阳光和树影的映衬下，洋溢着亘古的柔情。

漫步古镇，静谧悠闲，除了沿街的商铺，偶有挑着小担卖桑椹、葡萄、芡实的商贩，价格公道，味道鲜美。坐到石凳上细细品尝一番，闲看风景，那些半卷的竹帘，虚掩的门窗，屋内不时传来婉转动听的吴语侬歌，唤起了过往游客无尽的遐想。一缕青烟，一曲吴调，把"小桥流水人家"展现得淋漓尽致，甪直之美，千年不醉。

路过万盛米行和一棵百年枸杞树，走近一幢灰瓦白墙的两层小楼，深褐色的木门木窗，门楣的正上方挂着一块牌匾：叶圣陶纪念馆。大堂中央摆放着先生的雕像，纪念馆内陈列着先生生前的物品、文集、照片。象牙白的墙上挂有先生亲笔题写的"得失塞翁马，襟怀孺子牛"的字画，驻足画前，让人肃然起敬！继续前行"打卡"其他桥梁：钥匙桥、南昌桥、永福桥、兴隆桥……"绿浪东西南北水，红栏三百九十桥"，用白居易的诗句来形容用直或许更贴切。

　　用直的桥之多、景之美、境之幽，是千百年来吴地文化的沉淀和升华，令人魂牵梦萦。不临其境，难言其妙；身临其境，流连忘返。拜读叶圣陶先生的文集，在字里行间去探寻那些斑驳色调里沉思久远的岁月。

冬染阳台山

行驶在机荷高速,临近溪之谷路段,一座松杉拥翠、荔林披绿的山峰从车窗边掠过,这便是素有"羊台叠翠"之雅誉的阳台山(原名羊台山)。

初冬时节,好友相邀。晨雾蒙蒙,湿漉漉的雾气中夹杂着花草的芳香,沁人心脾。迎着略带寒意的山风,我们来到了石岩龙眼山村的北部登山口。"莫道君行早,更有早行人",不论哪个时节用在深圳都是合适的,凌晨5点多已有不少晨练者返程。广场上的大叔和大妈,雪白的头发落满了岁月的风霜,他们却身着艳丽的服装,载歌载舞,神采飞扬;身着活力运动装的姑娘、小伙和亲子家庭正准备攀登;夏装、秋装、冬装的身影络绎不绝地投入阳台山的怀抱,人潮涌动,山间的栈道宛如一道五光十色的彩虹,又似一条奔腾不息的河流。

栈道峰回路转,青石板时陡时缓。在每个转弯较大的位置,都有一块七八个平方米的休息区。地面铺有米白色的花岗岩,栏杆由大理石堆砌而成,背靠在栏杆上,双手触摸到大理石,一股寒意由掌心向身躯传递,恰似夏天把手伸进冰箱的感觉。冬日的寒流已渗入大理石，山边的杂草也被染上了一层层鹅黄。

青石板一块接着一块向山顶延伸，随着路基的此起彼伏而错落有致地铺垫。拾阶而上，古木葱郁，草色苍苍，清泉浅唱，溪水潺潺。路旁的草丛有白色和浅黄色的野花点缀其中，挂在草木上的水滴，是朝露，似珍珠。静谧的林间已无秋蝉的吟唱，偶尔传来几声鸟鸣，忽近忽远。越往上走，汗水浸湿的衣服被山风抚摸，明显感觉到"高处不胜寒"。再抬头，"天行健"三个红色的大字赫然于眼前，它在那里静静地等待着每一位过客，为我们的旅程平添几分鼓励，托起渐渐沉重的身躯，让我们在小憩中增加一股力量，激发我们阔步向前。

"万壑丛林传物语，一溪清瀑衬山威。"行走在逶迤绵延的山路，祖孙齐乐，情侣呢喃。峭壁上有几棵参天古树，抱崖而立，一条条遒劲的根须深深扎入石缝中，历经多年，依旧枝繁叶茂，郁郁葱葱。不知不觉已到"羊台叠翠"，几颗硕大（呈椭圆形）的石头矗立眼前。我想它们原来应该也是锋芒毕露的少年，风吹雨打，被岁月抛光了棱角，变成了这般圆润的模样。以后它们依旧是画家的新宠，是文人笔下的绝唱。冬日的暖阳照耀着被岁月打磨的石头，它们的身上裹满了历史的沧桑，整个山谷却是金碧辉煌。

阳台山也是英雄山，曾经开展的"胜利大营救"，成功营救出爱国民主人士和文化界精英及其家属近千人。历经狂风暴雨的洗礼，阳台山依旧光芒万丈，那些被岁月掩映的历史，虽已远去，但会永远铭记于心，红色基因代代传承。我走到一棵荔枝树下，枯老的枝头底部长出了几片新芽，满心欢喜。

登上旁边的几块粉砂岩大石头，极目远眺，豁然开朗，远海云蒸霞蔚，荔林绿意横生，高楼鳞次栉比，高速车水马龙。铁岗水库和石岩湖像两块碧玉镶嵌在鹏城的沃土上。目之所及，皆是日新月异的湾区美景。

草木披鹅黄，冬染阳台山。枯枝催嫩芽，不似春光，胜似春光！

凤凰秋意

提及凤凰，总是让人心驰神往。旅友们眷恋的是凤凰古城，茶友们痴情的是凤凰单枞。但这次我们要去领略的是位于深圳市宝安西南部的凤凰山森林公园。

凤凰山历史悠久，据清康熙年间《新安县志》记载："凤凰岩，在茅山之北，巨石嵯峨；广数丈，洞澈若堂室，相传有凤凰栖于内，故得名。"最高峰为福永与西乡交界处的大茅山，海拔376米。山脚下有凤凰文昌塔和凤凰古村落景观；山上有圣水玉泉、凤岩古庙、莺石点头、凤凰仙洞、净瓶洒露、云顶参天等景点。

我从107国道的滚滚车流中转向凤塘大道，前行几百米。在道路左侧有几棵参天古树，凤凰文昌塔矗立于树旁。塔高20来米，共有六层，全部用青砖砌造而成。细瞧，几抹墨绿的青苔明灭在青砖与墙垣间，默默无闻地葳蕤着，萌动着诗情画意。轻抚潮湿的青砖，微凉，脑海中猛然浮现袁枚的那首《苔》："白日不到处，青春恰自来。苔花如米小，也学牡丹开。"心中澎湃起感动的涟漪。微风徐来，翩翩黄叶飘零，亭塔古韵长存，更显意境清幽。驻足塔前，扑面而来的历史文化气息，让我深知这座塔的厚重与久远。

在凤凰文昌塔的东面是一幢充满岭南风情的围合式建筑。大理石铺成的拱桥下，碧波荡漾，鱼翔浅底。走过弧形的拱桥，"文天祥纪念馆"几个金色大字映入眼帘。透过墨绿色的青砖和朱红色的木门，可以看到庭院内用汉白玉大理石雕刻的文天祥雕像，瞻仰中华先贤，让人肃然起敬。步入馆内，三个展馆，六幅篇章，通过雕塑、碑刻、图片、文献文物及影像数据详细展示了文天祥的生平经历，图文并茂，道尽文天祥的浩然正气和高风亮节！其中三号馆主要展示了文天祥的人文精神，以及他的后裔在福永凤凰落地生根、开枝散叶的情况。

移步换景，沿着凤塘大道直行，作别两旁朱红色的楼房和金黄色的琉璃瓦，已抵达凤凰山停车场。邂逅一段长亭，亭内雕梁画栋，柱与梁榫卯拼接，石柱上的雕龙栩栩如生。续前行，橘红色的景观石上雕刻着"凤凰山"三个字，格外引人注目。虽已近深秋，但鹏城的山麓依旧披着绿装，草木欣欣向荣。再行百米，即到达登山道的起点。

通往凤岩古庙的道路共有三条：步福古道、沿溪步道、盘山公路。踏着花岗岩和鹅卵石交错铺成的沿溪步道，绿浪在山谷翻滚，啼鸟在枝头跳跃，依稀可闻溪流上游潺潺的流水声。林间不时传来婉转动听的鸟叫声，忽近忽远，深浅不一。溪流的浅滩处，有儿童在嬉水，还有拿着深蓝色、浅绿色和粉红色小网兜捞鱼捕虾的亲子家庭。那五颜六色的网兜此起彼伏，孩子们的欢声笑语响彻溪畔，家长们脸上洋溢着灿烂的笑容，为这"青山不墨千秋画"增添了勃勃生机。

登上稍微陡峭的几十级石阶，沿溪步道的终点与盘山公路交汇。顺着盘山公路向前，左侧是莫言先生亲笔提名的"凤凰书院"，淳朴典雅，书香四溢；右侧是凤凰山素菜馆，庭落清幽，禅意深远。随手捡起一片飘零的黄叶，望着叶片上清晰的纹理。当繁华散尽，生命的脉络才历历可见，这是一种成熟与归隐之美。

随着三条道路聚集的人流，我们已涌入凤岩古庙的大广场。秋高气爽，碧空万里无云，高阁古松，紫烟弥漫空中，香火好不旺盛。游人如织，祈福者亦络绎不绝。

在广场北侧的许愿长廊，红绳飘逸，绿叶生辉。不少善男信女在许愿树上挂起了美好的心愿牌和同心结。或闭目双手合十祈福；或认真书写后，爱不释手地端详一番，再挂于树梢上；或有情侣在树下相拥，"比心"拍照留念。琼瑶笔下的"我心深深处，中有千千结，意绵绵，情切切，柔肠几万缕，化作同心结"，化作剧情或正是这样浓情蜜意的画面。

穿过望海楼，绕着广场转一圈，在西南角的历史文化长廊，详细展示了凤凰山的历史与文化传承。

探寻历史的印记，顺着半山腰的登山道继续攀登。行走在逶迤绵延的山间，层峦叠翠，树木葱郁，山泉浅唱，壑洞幽藏。在绿树青山的掩映下，远处一座双层的八角亭显得格外俊秀而清朗，那便是我们要前往的坐标。

怀揣"山登绝顶我为峰"的豪情，高歌猛进。挥汗如雨，酣畅淋漓，不知不觉已到达顶峰的八角亭。凭栏远眺，气象万千，山风拂面，浮想联翩。俯瞰脚下的凤凰山，感受西海之滨那"珠沉渊而川媚，玉韫石而山辉"的壮美……

凤凰秋意，云淡风轻。

辑二

鹏城逐梦

暑假工的浪花

2004年到深圳打暑假工，满怀憧憬地坐上了南下的卧铺车。斗转参横，东曦既驾，随着卧铺车的翻山越岭，历经十几个小时，终于听到乘务员的喊声："龙华、大浪、石凹的乘客，带齐行李物品在这里下车啦！"第一脚踏上深圳的热土——大浪。

经老乡引荐，第二天就安排到一家台资厂报到。非常幸运被安排到工程部上班，带领我实习的是一位项目工程师。"我叫胡自生，以后你就跟着我们项目组负责样品制作。大家一般都叫我老胡。"老胡虽然是一个一米八左右的魁梧汉子，但特别地面善。穿着不怎么讲究，不过做事特别地严谨。我每天跟着他调试机器、校准仪器、制作新样品、到仓库领工程物料。"小彭，你看看这张工程图，电线的长度是1250±50毫米。我们做7条样品，电线的长度全部要1250毫米，不要做一条1220毫米，一条1260毫米，工程部的数据一定要精准！"我反驳道："这不是有公差范围吗？在范围之内不就行了。开车谁还能一直保持一个车速啊！"老胡皱起了眉头，白了我一眼，"这公差范围是做大货的，生产部生产几万个，可以有点公差。你叔叔干吗要你来工程部打暑假工而不是去生产部？就是要让你学会严谨的态度，学习最新的技术。你们学通信工程的，数据不精准，以后是做不好事情的！"老胡边说边拿着保温杯走出工程部。

　　从那以后，所有涉及数据的参数，我都严格按照最高标准来制作样品。不到一个月时间，我基本可以独立完成一款样品的制作了。老胡也很开心，不时地夸奖我一番，但偶尔也会给我敲一下警钟："别吹你那些在学校的荣誉了，什么优秀学生会干部，什么三好学生。当你走出社会就会知道，如果只有理论，实践能力不行，那就是毕业即失业。"后来我通过跟同事闲聊才知道，原来老胡是江西一所电大的教授。因为为人刚正不阿，与校领导关系不佳，才来到深圳这边从事项目工程师。知道了他的这些阅历，我心中一股敬佩和感激之情油然而生。

　　老胡走过来拍了拍我的肩膀："我要回江西几天，最近样品的事情你要跟进好。"我满怀信心地回答："您放心，我保证完成任务。"每天收到业务部发来的样品需求单，我仔细核对各项数据，自行到仓库领取物料，再一步步安排制作样品，一切都是那么得心应手。一款款样品有条不紊地送到了业务部，心里难免沾沾自喜。"小彭，接电话，是老胡打来的。"工程部文员跑过来通知我接电话。我有一种不祥的预感，听到电话那头传来老胡的声音："上海中兴的客户反馈麦克风和喇叭的灵敏度都偏低，全部声音偏小，样品全部要退回来重做。你是按工程参数选配的电子零件吗？""是的！麦克风-42dB，喇叭113dB。""哎！那是成品的参数，你选材料要高于成品的灵敏度啊！麦克风和喇叭装上了外壳，再套上海棉，灵敏度又会降低的。"我感觉脸颊一阵灼热，心中泛起波澜。"小彭，你赶紧准备新的物料，我明天赶回来处理。"挂了电话,我垂头丧气地回到了办公桌前。

  第二天,由于我的失误,老胡在公司的例会上被课长和副总双重批评,他扛下了所有的错误。回到工程部,老胡笑着对我说:"纸上谈兵误事了吧!年轻人就是要栽跟头才能成长。我们那时候实习,差点把实验室弄爆炸了呢。"正当我羞愧难当之际,老胡又拍了拍我的肩膀,语重心长地说:"还有一周多时间你就要返校了,以后要多学习,多实践,实践才能出真知。打暑假工不只是简单地为了赚生活费,而是要学会自我成长!"

  毕业后我又来到这座城市工作,专程跑去龙华拜会老胡,"你来得正是时候,再晚几天我就回老家了。子女们都在南昌工作,月底就要回去带孙子了。"几年不见,相谈甚欢。

  星霜荏苒,转眼十多年过去了,老胡的"严谨、实践出真知、自我成长"的教导就像一朵朵浪花,时常浮现在我的脑海。一次暑假工的经历,成了我刻骨铭心的记忆,也成了我勇往直前的动力!

那些年，我在模房当学徒

老吴未完成高中学业，就踏上了打工之路，1996年从江西抚州来到深圳。公明素有"深圳模具产业基地"的美誉，他的第一份工作就是在长圳一家模具厂当学徒。

填写完入职表，模具房的领班带老吴去车间熟悉一下工作的环境。各种机器发出轰隆隆的声响，车间里有很重的油污气味。电脑锣不停地调整角度锣新模具，火花机发出刺耳的"滋滋"声响，还不时地进出小火星，老师傅指着图纸辅导学徒操作CNC线切割机。有的学徒推着叉车运模具，有的拿着工具敲敲打打，个个汗流浃背，脸上还有几个黑色的油污印。老吴说当时的心理落差很大，听别人讲深圳多好多好，原来就是这样嘈杂的工作环境。领班告知他先去办理宿舍和食堂的手续，明天正式上班。

既来之，则安之。老吴第二天穿上模房的工作服，正式成为一名学徒。原以为师傅们会教他调试各类机器设备，结果在前面的两三个月时间，师傅们啥也没教他。每天都是搬运模具、复印图纸、打扫卫生和打杂。老吴回想起来："搬运模具可是个体力活，每天累得筋疲力尽。饭量也特别大，我在食堂根本吃不饱，经常还要跑到同富裕工业区门口去吃个炒米粉。"

终于有一天，周师傅把他叫过去操作电脑锣。"你看看图纸上的这个标注，对应模具的几个柱位。这边是进料口，锣的时候一定要细致，数据有偏差，模具注塑的时候，产品就会缺胶或缩水。"周师傅一下指着图纸，一下指着电脑锣床，一下指着正在新开的模具，一项一项地给老吴讲解。老吴左手控制开关，右手拿着摇杆，一步一步地操作机器，一升一降，一拉一伸，左右移动摇杆调整间距，再对应工程图的XY轴。一套崭新的模具，在老吴的操作下慢慢地诞生了。

新模具诞生后，第一次试模，效果并不理想，产品出现了缺胶、缩水和无法组装的结构问题。周师傅和其他结构工程师核对了各项数据，老吴操作的机器数据与工程图是相符的。"难道是客户设计的问题？"老吴提出了这样的疑问。但老吴自己不会操作CAD和PRO-E这些设计软件，他只会看打印出来的图纸。所以他只能提出问题，但并不能解决问题。后来通过业务部与客户沟通，确实是客户设计参数有误，修改几个位置的尺寸，一套完美的模具终于从模房的车间走向了客户的工厂。

经过这件事情以后，老吴发现只会当学徒操作机器，还是不行的，必须自己懂一些设计软件。于是，他利用自己几个月积蓄到公明一家培训中心报了CAD班。白天依旧在模房当学徒，晚上8点半或9点下班后再去培训中心学习。"当时确实很辛苦，下课后又要坐公交车回来。饿了就在工业区门口啃两个包子，每天都是到晚上12点才能睡觉。但是也很开心，在培训中心和其他工厂的模具师傅交流，我又学到了不少实用的知识。"

半年时间的业余学习，老吴掌握了CAD设计软件。一年后，老吴升为领班，还带了五个徒弟。虽然升职，但工作依旧辛苦，而且肩上又多了一份责任。他又利用周末和业余时间去学了PRO-E的3D设计软件。

通过不断的学习和积累，老吴在行业内的技术口碑不错，属于典型的实力派。在客户的帮助下，他也有了自己的一个小模房，带领着十来个徒弟开模具。在2008年经济危机的时候，他的模房几近关门。后来几经周折，又重整旗鼓且更上一层楼！

聊到感想和期望，老吴说："那只能借用当下比较火的这句：扛得住涅槃之痛，才配得上重生之美。深圳是奋斗之城，只要你愿意奋斗，一切皆有可能。"大家哈哈大笑，老吴接着说道，"期望嘛，我儿子上高三了，期望他能考上理想的大学。女儿今年上初二，她喜欢画画，希望她能朝着自己的兴趣爱好努力，能有所建树。至于模具厂，这是我自己的情怀，不勉强他们兄妹俩来接管。"

老吴喝一口金骏眉茶，回想在模房当学徒的一幕幕，回想这苦尽甘来的日子，嘴边露出了一丝丝微笑。

幼儿园里展芳华

"送给你小心心,送你花一朵,你在我生命中,太多的感动,你是我的天使,一路指引我……"每次经过幼儿园门口,总能听到优美的旋律或欢声笑语。悦耳的童声打破了清晨的宁静,花骨朵儿在充满生机的校园里茁壮成长。

幼儿园举办"红色回忆·童心向党"文艺汇演,有幸和几位家长一起去参加彩排。踏入幼儿园,一个个朝气蓬勃的面孔和一张张可爱的笑脸,让人倍感亲切。小朋友们或在操场拍球,或在教室堆积木,还有的协助老师整理各种学具,空气中弥漫着各种快乐的因子。"老师,老师,我要上厕所……"一个小班级的男孩子跑过来,话还没说完,裤子上已经画好"地图"了。生活老师赶忙从他的书包中拿出备用裤子,边换裤子边笑着说:"你这个小调皮啊!下次要早点告诉老师,不要拖到最后一刻尿裤子。"更换好了裤子,生活老师迅速把裤子拿去清洗、晾晒。

彩排正式开始了,孩子们排列着整齐的队伍登上舞台。孩子们在台上演唱,老师们站在舞台下打着节拍;孩子们在台上跳起了欢快的舞蹈，老师们在台下领舞。

"青春就像一个舞台，而我们就是舞台上的舞者。用自己的梦，编织一个又一个的舞步！下面请欣赏，我们青春活力的老师带来的舞蹈《芳华》。"伴着小主持人甜美的报幕声，一群身着戎装的女兵已经翩翩起舞。随着背景音乐跌宕起伏，时而柔情似水，时而铁骨铮铮，她们优美的舞步和音乐融为一体，给人以美的熏陶和享受。一招一式，无不散发着青春活力的光彩；一笑一颦，总是洋溢着天真无邪的气息。静若处子，动如脱兔，她们在举手投足间把女兵的青涩柔情和英姿飒爽展现得淋漓尽致。

彩排结束后，我和女儿走在回家的路上。"爸爸，什么是芳华呀？"我先是一愣，我应该说"芳与泽其杂糅兮，羌芳华自中出"，还是……她只是一个幼儿园的孩子，根本听不懂这些。女儿还在眨着眼睛，期待着我回答。

我拍了拍女儿的肩膀说："芳华就是在最美的年纪做最美的事情，就像你们幼儿园的老师，把青春年华奉献给了教育事业，不负韶华！""哦！我懂了，是不是像园长妈妈、宋宋老师和医生姐姐一样，每天都教我们礼仪、儿歌和舞蹈，教导我们要注意安全和卫生。"是啊！幼师不像大学的导师一样可以高谈阔论，她们面对的只是一个个天真、懵懂的孩子，需要给他们心灵启蒙，教他们礼仪，照顾他们的起居饮食。要身体力行地做表率，要不厌其烦地讲道理。她们把润物细无声的爱给了幼儿园的孩子们。

"白日不到处，青春恰自来。苔花如米小，也学牡丹开。"幼儿园的老师们或许没有过多的豪言壮语，但她们每天都用实际行动编织着自己的梦、孩子的梦、国家的梦。幼儿园里展芳华——平凡而伟大！

温暖的报刊亭

从2007年开始,我经常乘坐325路公交车在西丽医院东(现在改为西丽法庭)转车。返程候车的时候,我常去光顾站台旁边的报刊亭。

早上从北大方正站上车,到西丽医院东转101路再去科技园,转乘很快捷。但到中午返程等待325路,有时要等上30—40分钟。那时候的公交站台,真的只能站着,很少有能坐的"墩子"。看到有人倚靠在报刊亭的侧面看书,我也走过去买了一份《深圳商报》,加入靠墙阅读的行列。过了十来分钟,老板搬出一叠红色的小胶凳,边发凳子边说:"坐着看,坐着看,站久了腰酸腿痛。"有位中年男子不接凳子,老板笑着说:"没事的,不买也可以看。你们看完放回原位,不要把报纸撕烂了就行。"大家都连忙说:"谢谢!谢谢!"我打量了一下报刊亭的老板,40多岁,中等身材,笑起来很憨厚,让人感觉特别实诚。

记得有一次,在等车的时候,突然下起了瓢泼大雨。狭长的公交站台挤满了人,边缘的几个人基本就是站在雨中了。报刊亭老板支开亭前的雨篷布，招呼大家到这里躲雨。大家挤到那不足9平方米的"屋檐下"，说说笑笑，特别温馨。

自那次躲雨以后，我每次经过西丽医院东的站台都会去报刊亭看看。有时买报纸，有时选本《意林》或《青年文摘》之类的杂志，有时就买瓶饮料或绿箭口香糖，和老板闲聊几句。有次去买《读者》，突然发现报刊亭的左侧增加了个小煤炉，上面煮了小半锅茶叶蛋。我半开玩笑地说道："老板开始搞副业啦！"他笑了笑说道："有些人饿着肚子赶车，转车的时候吃点热乎的东西好。"

正在我们说说笑笑的时候，从36路公交车下来了一家三口，背着大大小小的几个包。小女孩蓬头散发，可能是刚下火车又转公交车到这里，她嚷嚷着要吃茶叶蛋，旁边的男子摸了摸口袋，估计是身上的零钱不够。"甭吃了，这零钱要留着坐公交车的。待会去你姑姑家吃饭，再坐一趟公交车就到了。"小女孩两眼直直地望着冒着热气的茶叶蛋。报刊亭老板连忙用过滤勺挑起两个茶叶蛋，放到白色的小胶袋里，递给那个小女孩。小女孩的母亲推脱着说："不用了！不用了！""小孩子饿了就吃吧，不要饿坏了肚子。"报刊亭老板又把茶叶蛋递给小女孩，那一家三口连连道谢。目送他们一家又挤上了另一趟公交车，老板感慨道："出门在外，大家都不容易啊！"

后来我也有了自己的代步工具，去科技园或车公庙的时候，都是直接走高速往返。很少经过龙珠大道，再也没去过那个站台，不知那报刊亭是否还在？是否换了经营者？

常言道，良言一句三冬暖。存于心底的善良，有时候不需要任何的言语。茫茫人海，当四目对视的时候，莞尔一笑，或一个肯定的眼神，都足以温暖一个个疲惫或失落的灵魂。

　　我很怀念那个报刊亭，因为在川流不息的站台，它就像一道光，带给人无尽的温暖和正能量。

父子闲聊

拖 地

学校布置的家庭作业,有一项是家务劳动。儿子很积极,主动要求这周他负责拖地,我和拙荆倍感欣慰。

儿子接了半桶水,准备好了拖把。刚开始拖几下,就喊妈妈过来拍照,拖地十几分钟,拍照P图要半个小时。把几个房间都拖了一遍,地上还是湿答答的。

验收不合格,拙荆通知他要用另一把干拖把把地板全部拖干。又重新拖了一遍,满头大汗,衣服的后背上洇出汗水的湿痕。地面洁净程度勉强符合要求。

儿子突然问道:"爸爸,你小时候会不会经常拖地啊?"

我心为之一振:"不会!"

"那你小时候就不是热爱劳动的好学生啰。"

"拖啥地啊!爸爸小时候穷,老家的房子没有地板砖。连水泥地面都没有,就是用泥巴压紧的地面,不接触水还是干净的'地板',遇到水就是一摊烂泥,人走在上面都会摔跤……"

儿子似懂非懂地看了我一眼，整理好打扫的工具，最后把拖把挂到了墙钩上。

戒 烟

儿子跑过来，急切地问道："爸爸！爸爸，吸烟有害健康，为什么爷爷总是不停地抽烟啊？"

"都几十年了，爷爷他们习惯了抽烟。"我拍了拍儿子的肩膀说道。

"但这样不好啊，总是会咳嗽，你能不能要求爷爷戒掉抽烟的习惯。我们老师说抽烟对口腔和肺都不好！难道我们老师说得不对？"

"老师说的是正确的！但在那个年代很多人都习惯了抽烟，相互之间发根烟也是一种礼仪。你看看《金刚川》和《长津湖》的电影里很多革命先辈也是抽烟的，抽烟有时候也是一种放松。但现代社会更多人注重健康和养生，肯定是少抽烟或不抽烟更好。所以爸爸没办法给你一个十全十美的解释。"

儿子抬起头，用期待的眼神望着我："那你没办法说服爷爷，关于戒烟这个问题，你也就没办法给我一个完美的答案啦？"

我深吸了一口气，说道："是的！但多年以后，当你成为父亲这个角色的时候，你的孩子不会再问你同一个问题了，因为我已经戒烟了。"

毅然决然！

七分裤

拙荆逛商场，给儿子购买了一条深蓝色的七分裤。周六早上儿子穿上七分裤，再搭配一双白色回力鞋，背上橙色的双肩包，俨然一副阳光少年的模样。

酷酷地摆了个POSE，得意扬扬地跑过来冲我说："爸爸，你小时喜不喜欢穿七分裤？"

"喜欢！爸爸小时候冬天都穿七分裤。"

儿子惊讶地问道："冬天穿七分裤，不冷吗？！"

"爸爸在上初中之前很少穿新衣服，都是穿我表哥或其他亲戚给的旧衣服。长裤也只有你们现在七分裤的长度了，秋冬季节，要把袜子拉得很长，小腿才不会露出半截，才能确保脚踝不冷。"

望着儿子在静静地倾听着，我继续说道："你爸算幸运的，我有些同学冬天连袜子都没得穿，就是赤脚再套一双军绿色的黄球鞋。"

儿子用手托着下巴，若有所思。懵懂或明朗？或只是泛起一波微澜？

一起走过的日子

我与阿坤和阿海相识是缘于2007年的"宝龙杯"工业区拔河比赛,他们是同一个队的队友,我当时是裁判员。比赛结束后,阿海邀请我们去他家"打边炉"。

冬至在湘北一带是平常的一天,但在岭南却特别隆重,广东人常说"冬至大过年"。第一次受邀,我也就恭敬不如从命了,坐着阿海的摩托车到了石岩镇三祝里的一栋农民房。三房两厅的房子,空间很宽裕,阿海的家人已经在准备晚餐了,屋里弥漫着牛肉丸的香味。

入座后大家边吃边聊,聊天中才知道阿海是梅州人,1981年出生,是宝龙工业区一家公司的专职司机。阿坤来自惠州博罗,1983年出生,是工业区一家注塑厂的主管。虽然来自不同的地方,但我们三个都是80后,还是有不少的共同语言。阿海的父亲又搬出了一坛"客家黄酒",一定要我们尝尝。盛情难却,轻度酒精过敏的我,也喝了一小杯。喝酒后大家海阔天空地聊开了:聊到了梅州的足球、沙田柚、姜糖;聊到了惠州的窑鸡和龙门温泉;聊到了湖南的臭豆腐和安化黑茶。天南地北,好不尽兴。

从那以后，我们三人就经常一起晨跑、打台球、爬阳台山，有时周末阿海会找块合适的空地，当起我们的私人教练，在一次次的熄火和压线中，我和阿坤总算学会了倒车入库和半坡起步。下班后也时常小聚，我偶尔请他们去湘菜馆吃一顿，慢慢地，两个广东人也能吃点辣椒了，后来阿海还迷上了野山椒炒牛肉。有时就一个电话，大家分头行动去买羊肉、挑选青菜、切淮山、准备火锅底料，一起动手"打边炉"。为了照顾我的口感，每次他们会特意买上一瓶剁辣椒或老干妈，泡工夫茶也是特意冲淡一点（客家人喝的茶很浓）。不知不觉中被同化了，我竟然更习惯客家菜的味道。

春节回家，我会带些湖南的腊鱼、腊肉或黑茶给他们。阿海知道我母亲喜欢吃柚子，每年都会通过中国邮政给我老家发包裹。

2009年阿海结婚了，举家搬回了梅州。我们一起去梅州丰顺县参加他的婚礼，在吴氏祠堂中摆酒席，地地道道的客家习俗，令我再一次感受到客家人的好客和淳朴。

2010年阿坤结婚，他也辞掉了深圳的工作，在惠州重新找了一个离家近的工厂上班。虽然见面少了，但打电话、QQ视频聊天从未中断，有时候周末我还特意从深圳赶到博罗，和他们一起做窑鸡、钓鱼、摘龙眼。

后来，智能手机的普及和微信APP的问世，让大家的沟通更密切了。阿海又重新开货柜车，跑深圳到湖北的专线，有时车子经过益阳时，他会特意发个实时定位给我："兄弟啊，我又经过你们老家啦！要不要给你带点特产过来啊？"我一般都不想麻烦他，但阿海总是给我带来惊喜。他把货柜车停到蛇口港，再开朋友的车给我送特产,到了楼下才通知我:"兄弟啊,楼下拿东西。"邀请他上家里喝杯茶,他总说大半夜的不好意思打扰,两个人就坐在马路边的石凳上,抽上几根烟,闲聊半个小时,然后我目送他的车灯渐行渐远。

时光荏苒,现在阿海已经有三个小孩了,阿坤家两个小孩,我们家也是两个娃。总是期待着三组家庭来个大聚会,又确实由于各种原因未能如愿。经常会在微信群中聊起我们一起走过的日子,不禁感慨万千,虽然不在同一座城市,但心却更近了。

深圳是一座包容的移民城市,在深圳北、在光明城、在福田汽车站或某个公交站台,无时无刻不在演绎着离与别,聚和散。有的深漂几年后去了其他的城市,有的回到了故乡,有的在这儿成家立业,有的离开后又再次来到这片热土,行色匆匆的背影,起起伏伏的人生,总有一些人陪我们走过一段朴实无华或刻骨铭心的岁月。

"朋友一生一起走,那些日子不再有,一句话,一辈子,一生情,一杯酒……"当《朋友》这首歌再次萦绕耳旁,才真真切切地体会到"初听不识曲中意,再听已是曲中人"的含义。

保安室的字典

办公室装修期间,公司收发快递特别不方便,很多包裹都只能委托工业区的保安代签收,一来二去,和工业区的几个保安都混熟了。印象最深刻的是伍保安,大家都称呼他老伍。

老伍是贵州毕节人,仡佬族,40多岁。人并不高,天天穿着保安服,着装整齐,精神抖擞,每天笑脸迎人,工业区其他公司职员时常开玩笑说,就老伍的微笑,完全可以去房地产公司或汽车4S店上班。

有一次,我去取快递,看到老伍在翻《新华字典》,我很好奇,就闲聊了几句。他说:"有时候登记来访信息时,有的名字都不认识,特别是有些公司名,你看这个'晟'字,不查字典都不知道怎么读。"听到他的这番话,我心里默默地为他点赞。

炎热的夏天,工业区偶尔会停电。有一天中午,工业区又突然停电了。大热天的,空调一停,个个满头大汗,电工又正好到区里参加安全培训去了,工业区的微信群炸开了锅,车间的员工纷纷拥到园区内的空地上。这时,只见伍保安左手提着工具箱，右手拿着手电筒和一串钥匙，风尘仆仆地往配电房跑去。不到半个小时，车间的灯亮了，办公室的空调又恢复了运转，大家都开开心心地回到了工作岗位。伍保安满头大汗地从配电房走了出来，后背衣服上的汗水印出了他的脊梁。他憨憨地笑着说道："修好了，修好了，用电量太大，烧坏了保险开关。"

从那以后，大家对老伍更是赞誉有加。上个月，他通知我公司订的《宝安日报》到工业区的信报箱了，又跟他闲聊了一段。我问他怎么不去当电工，而在这当保安。老伍摇了摇头，随手打开抽屉，拿出一本《电工实操手册》，他笑着说："这电工证理论考试我考了五次才通过，平时看电工书，很多字都要查字典才认识，我的电工证准操项目是低电压作业。现在大部门工厂电工作业范围都要求高电压、低电压作业兼顾。"我略带遗憾地说道："挺可惜的，你可以继续报考高电压作业啊！"老伍笑着说："不考啦！现在当保安也挺好的。"老伍指着工业区墙边的那台旧三轮车，"手机贴膜"四个黑色大字特别显目，接着说道："下班了我还可以在夜市摆摊做手机贴膜，顺带卖点手机外壳。收入还是不错，一天的副业能赚五六十块，有时候周末能赚100来块。""那也挺好的！"他又问报纸能不能借给他看看，我说你先看，我们每天过了10点再过来取，他连连道谢。

前两个星期经过保安室，又看到老伍在翻字典，原来是在查"蕨"字，他说报纸上说茅洲河的水蕨，他们老家也有。"哈哈，"我笑了笑，"这个你可得看清楚哦！"

这周开始工业区在改造升级，摄像头全部更新、加装，人工收费的岗亭也撤掉了，停车收费系统全部更新为电脑智能缴费。

月底工业区的保安必须进行裁减，由原来的六人减到两人。

我想老伍一定能成为那个幸运儿，因为爱笑的人运气不会太差，何况他的字典里写满了"勤劳和善良"。

启　程

公明下村第二工业区聚集着许多台资工厂，主要代工MP4、U盘、鼠标和耳机。这也是小贾工作的地方，他是一家电子厂的工程师，每天踩着自行车三点一线地往返于工厂、食堂和出租屋。

"喂，小贾，最近你们工厂有没有什么新项目？"是HT公司的业务员江东打来的电话。

"老徐从KJ公司离职了，准备开工厂，想拉我们两个合伙一起干。老徐有人脉、懂管理，我可以跑业务，你又懂技术……"江东兴高采烈地描绘着蓝图。

"这个……抽个时间咱们见面谈吧！"

说罢，小贾挂了电话。把诺基亚塞到皮带上的手机皮套里，推着自行车走出厂门口，猛蹬了几脚自行车，像离弦的箭一样冲到了出租房的楼下。他要把这个振奋人心的消息告诉女朋友杨静，也要听听杨静的意见。杨静欣然同意："现在的工作出不了头，老张又不重用你，能自己干一定要自己干，我还有三万多元的存款，你拿去一起创业。"

3月的深圳街头，木棉花开得火红，在这百花争艳、万物复苏的季节里，似乎应该干点大事才不辜负这美好的春光。老徐、江东、小贾一起约定到宝安创业二路的聚贤山庄湘菜馆碰面。

老徐刚买了一台二手的卡罗拉，所以第一个到。他按下遥控钥匙锁了车，又拉了一下门把手，确认锁好了，夹着咖啡色的公文包进了聚贤山庄。江东坐着"绿的"很快也到了，背着个黑色的双肩包，里面塞满了各种样品和几本产品目录。两人寒暄过后，边喝茶边等小贾。

快12点半了，还不见小贾的踪影。江东拿起手机拨打小贾的电话："小贾啊，你到哪了？"还未等小贾开口，就听见公交车报站：前方到站翻身村，请携带好您的随身物品从后门下车。"快了，还有三个站。"小贾不好意思地回答。

看到小贾风尘仆仆地走进大厅，老徐和江东都站起来打招呼："这边，这边，等着你一起点菜！"小贾感觉自己的脸有些发烫了，"不好意思，松白路修路堵车，一堵就个把小时。""没事，没事，咱兄弟客气啥。"老徐边说边递给小贾一支烟。三人点了剁椒鱼头、永州血鸭、猪血丸子、家常豆腐和手撕包菜，老徐喝王老吉，江东和小贾喝老青岛，边喝边聊，好不尽兴。

"老徐，这工厂你准备怎么开呢？"小贾问道。

"咱们三个合伙，按四三三的比例持股，我40%的股份，你们各30%的股份，前期现金不够的我先出资。"

"产品定位？仪器设备定哪些？目标客户是哪些人？"三人把公司名定下来后，江东一连问了几个问题。

老徐说："设备去东莞买，一半新设备，一半二手设备，二手设备要选台湾产的，仪器全部买新的。我们再整合一下资源，江东负责开发客户，技术问题和员工招聘就小贾负责。"老徐负责跑工商局、税务局、银行，江东负责开发客户，小贾负责买设备招员工。三人就这么定计划了，约定明天开始三人分头行动。

"我开车送你们回去。"老徐开着二手卡罗拉，奔跑在机荷高速上，汽车音响内播放着水木年华的歌曲：就在启程的时刻，让我为你唱首歌……三人都有那种"马作的卢飞快"的感觉，奔跑在希望的路上。

经过两个半月的精心筹备，72名朝气蓬勃的员工和摆放整齐的设备，一起出现在新工厂的1200平方米宽敞明亮的厂房里，一家新的公司开始在深圳这片热土发芽成长。

裁缝铺的律动

第一次光顾庞大姐的裁缝铺，是委托她给小孩的衣服缝校徽。在综合市场入口的左侧，有个不足6平方米的小档口，挂着白底红字的招牌：缝补衣服、换拉链、配钥匙。庞大姐埋着头，双手拉扯着布料，缝纫机发出"嗒嗒嗒"的声响。

望着我们拿出夏装、秋装、冬装、校服和礼服加在一起十几件，庞大姐笑着说道："这么多啊！没这么快缝好，你要晚点过来取。"她顺手拿起旁边的一张小贴纸，用铅笔在上面写下姓名和电话，再贴到衣服的袋子上。傍晚时分，我们去取衣服，拙荆赞不绝口："这车缝太漂亮了，规规整整的，连内侧的线头都剪得很干净。"庞大姐慈眉善目地笑着说："这都是我们做裁缝的基本功，以后请多多关照我的生意。"又和她闲聊了几句，才知道庞大姐是广东茂名人，她说："之前我老公在这边开拖拉机，为了生活，我边带孩子边做裁缝，一直都是靠针线活维持生计。现在第四个孩子已经开始上学了，我老公开货拉拉，我经营这个裁缝档口。"我问她收入怎么样。她浅浅地笑了笑。

后来，我偶尔经过庞大姐的裁缝档口，看到的都是她忙碌的身影：或是在踩缝纫机，或是在烫衣服，或是在给别人配钥匙。

前几天，女儿要参加学校的文艺汇演。拙荆在网上购买的汉服到了，晚上试穿的时候才发现尺码太大了，第二天上午就要表演，退货或重购都来不及了，自己又没有这修改的手艺。一看时间都快10点了，我们提着衣服匆忙跑到楼下的干洗店，老板说："裁缝师傅下班了，要明天才有时间。"又跑到附近的一家"西服订制"的商店，老板娘白了一眼："我们比较忙！你放这，有时间再给你改。"正在这一筹莫展之际，我想起了庞大姐的裁缝铺，拙荆说："这个点，估计都关门下班了。"我说开车过去看看。

来到综合市场的门口，白天热闹非凡的综合市场，此刻只能听到我们匆忙的脚步声。远远地看见庞大姐的裁缝铺，那吊着的日光灯正在摇摇晃晃，卷闸门已经拉下一半了，估计她是要收档了。"老板，老板……"庞大姐提着一个黑色的帆布袋走了出来，准备拉卷闸门。"已经下班啦！是你们啊！"我和拙荆说明来意。她又升起卷闸门，娴熟地铺下一块木板，量了长度，划好记号，裁剪，车缝，改腰围，再清理一遍线头，最后用电熨斗把衣服熨烫平整。这一切忙下来，已经11点多了，我们连声道谢！庞大姐笑着说："不用客气，一切都是为了小孩，我们自己的孩子也一样，经常要参加这活动那活动。"我们又闲聊了几分钟，谈到几个孩子，庞大姐眉宇间写满了喜悦："大女儿在盐田一家船务公司当报关员，她英语讲得很好哦！二女儿在广州上大学，三女儿已经读初三了，最小的儿子刚上小学二年级。"从她语气和眼神中，我就能深深地感受到她的几个孩子都非常优秀，也一定是她最大的骄傲。她边收拾工具边说道："我们吃点苦没什么，现在的社会，只要你不懒，哪怕做点小手工也是能养家糊口的。小孩子读到书了，以后的日子就好过了，鱼跃龙门是几代人才能实现的心愿。"我心为之一振，了不起的裁缝！

又一次经过庞大姐的裁缝铺门口：她又埋着头，双脚踩踏着缝纫机，双手调整着布料，缝纫机发出"嗒嗒嗒"的声响，远远望去庞大姐真像在演奏钢琴，或许她正用一针一线在演奏着自己的命运交响曲……

辑三

故园往事

母亲的烟熏茶

手捧茶盏,一股悠悠的茶香伴着烟熏味荡漾开来,裹挟着无限的乡愁和妈妈的味道。烟熏茶为农村的土茶,和母亲一样朴实而伟大。

烟熏茶制作的原料与绿茶无异,只是在杀青、揉捻过后,多了一道烟熏的工序。春暖花香的4月,行走在家乡的小路,微风拂过耳际,缕缕茶香扑鼻而来,这便是农家在熏制烟熏茶了。每每闻到清新淡雅的幽香,我总是驻足回味……

家乡属于丘陵地貌,四季分明,大家都喜欢喝茶,亦喜欢种茶。除了大面积的茶园,乡亲们还会在自家的房前屋后、田垄上、沟坎边种植茶树。母亲也在屋前种了几株茶树,闻惊蛰之雷鸣,沐春分之暖阳,几株茶树就像春天的使者,郁郁葱葱地长了起来。母亲根据屋前几株茶树的长势,判断大约何时可以进山采茶。

"正好清明连谷雨,一杯香茗坐其间。"明前雨后都是采茶的黄金时间,母亲就更忙碌了。"毅伢子,快起床吃饭,去晚了就没茶叶摘了,说不准还碰上一场大雨。"天还没亮,母亲就准备好了早饭，再把我从睡梦中摇醒，我和村庄一起睁开惺忪的睡眼。母亲挑着竹篮，我背一个竹篓，在冷风中走了一段路，才看到东方亮起了鱼肚白。步入半山腰，绿油油的茶海映入眼帘，鸟儿在茶林中跳跃，先把枝蔓翻动，又将嫩叶轻啄。紫芽嫩叶，浮翠流丹，母亲眉开眼笑："今年的茶树比前几年都茂盛，可以多给你外公做两三斤烟熏茶了。""妈妈，怎么才多两三斤，为什么不多送几斤给外公呢？"母亲伶俐的手飞快地划过茶树之巅，把茶尖与指尖的律动化成了满篓的茶青。"你这傻孩子啊，俗话说五斤新叶八两茶，你算一下要摘多少茶叶才能做五斤烟熏茶出来？少开小差，多摘茶叶。"

要制作出好茶，就必须跟时间赛跑。母亲回到家中，就马不停蹄地搬出大铁锅炒茶。土灶中点燃的柴火发出"吱吱"的声响，火苗亲吻着锅底，铁锅被烧热、烧红，再把茶叶倒入锅中。母亲的双手在茶叶中游离、翻滚，茶随手走，手跟茶行，扬起一捧捧茶叶，使茶叶洋洋洒洒地坠入锅中，在锅中揉捻几下，抛起，落下，再顺着锅沿翻滚一遍，周而复始，仿佛在打太极。很多人都用筷子或木棍辅助炒茶，母亲坚持用双手，她说这是最土的方法，也是最能体现手艺的方法，只有用双手去感知茶叶和铁锅的温度，才能把握好炒茶的火候，烫红的是双手，启迪的是人心。茶叶杀青后特有的清香伴着锅里的热气升腾起来，母亲对着热锅吹几口气，热气和烟雾散去，又聚拢。母亲和茶在缭绕的烟火里融为一体，火光和热气映红了母亲的脸庞，在氤氲的茶香中我看到母亲的脸上写满了苦涩、执着、欣喜和豁达。

杀青后的茶叶好似弱不禁风的林妹妹，更添几分柔美。揉捻更是一道见功夫的环节，母亲握起一把茶叶在木盆里轻搓、慢揉,按顺时针方向再复揉,刚柔并济,直到被卷起的茶叶细如松针,才算大功告成。

母亲吩咐我把揉捻好的茶叶铺在茶焙上:"这个大茶焙下方的火盆里倒枫球,你外公最喜欢枫球味的烟熏茶。小的这个火盆里倒米糠。明天再熏一些送给隔壁的田嬷嬷,别人送的高级绿茶她喝不习惯。她现在行动不利索,要喝这手工茶可不容易了。"母亲把我铺好的新茶又均匀地铺撒了一次,在茶焙的下方放置火盆。用枫球将炭火覆盖,瞬间,腾起一小团烟雾。袅袅青烟从竹篾的间隙里渗透出来,轻盈、缥缈、宁静,柔抚着微微卷起的茶叶。茶叶的色泽由浅黄渐渐变为墨绿,泛起白色的绒毛,在人间烟火中慢慢升华。在茶焙上盖上一层黄色牛皮纸,每过半个小时,母亲就把茶叶翻覆一遍。母亲常说,慢工出细活,这样熏出来的茶叶,香味均匀持久,茶条纤细耐嚼。母亲一直像对待制茶一样对待生活。

烟熏茶名字很粗犷,实则小家碧玉。冲泡出来的茶汤,呈色金黄透亮,入口稍苦即甘,茶叶可以直接嚼碎吞到肚子里。很多人不习惯这样的吃法,有些人甚至连那股烟熏味都接受不了,但在我老家,烟熏茶才是最好的茶。前几年去玉龙雪山,不知是饮食不佳还是高原反应,在下山的途中顿感浑身不适,好友们给的药物和特饮都无济于事。拙荆说背包里有母亲放的烟熏茶和姜片,要不找个有热水的地方泡杯茶。喝了几口茶,感觉神清气爽,把茶叶咀嚼吞下,阳光、雨露和母爱滋润着心田,似乎药到病除了。好友打趣道:"这烟熏茶一直流淌在你的血液里,是你的胃想家了。"

行走在岁月的深处,母亲的烟熏茶时常陪伴我左右。倦了、累了、想家了，喝一口醇厚回甘的茶汤，瞬间元气满满，那是母爱的芬芳。邂逅一杯烟熏茶，望着茶叶在杯中升腾、翻滚、浮沉。诚如母亲一生的信仰：用百折不挠的姿态，过好随遇而安的生活。

父亲的常德情怀

虽然是地地道道的桃江人,父辈们却对常德有着别样的情怀。在岁月长河中留下的斑驳印记,随着时间的推移反而历久弥新。

依稀记得小时候,爷爷最喜欢抽没有过滤嘴的"常德"牌香烟。烟盒的外包装是米白色的,上面有一幅红鲤鱼跳出水面的图案。后来又出了一款"银象"牌香烟,是浅黄色的包装盒。我们几个小孩子喜欢收集香烟包装盒,再制作成纸飞机、千纸鹤或小纸船等手工作品。爷爷指着烟盒上的两个大字,用桃江话教我们发音:"南(常)德。"爷爷还说,"在1962年以前益阳也属于常德专区,我们这马迹塘地区就是完全归常德管,后来成立了益阳专区。"通过烟盒我们认识了"常德"这两个字,后来阅读陶渊明笔下的《桃花源记》,对桃花源和武陵美景充满了万千遐想。步入高中才真正知道常德城的来历,取材于《老子》"为天下溪,常德不离"。

20世纪80年代,父辈们仅靠种植水稻难以维持生计,都流行搞副业。每年的秋冬季节,父亲和几位叔伯都会到沅江、汉寿、澧县等地去砍芦苇。用蛇皮袋装上棉被，再带上几套换洗的衣服，准备几把砍芦苇的长把柴刀，奔赴洞庭湖畔，用汗水书写一段关于副业与芦苇荡的故事。

寒露过后的沅江和澧水，秋风萧瑟，洪波涌起。《诗经》中的"蒹葭苍苍，白露为霜"是那样唯美的画面，但砍芦苇的苦力活却渗透着万般艰辛与悲凉。"天刚蒙蒙亮，我们就戴着手套，拿着柴刀来到芦苇荡。金灿灿的芦苇叶，墨绿色的芦苇秆，一望无垠的芦苇荡。寒风吹来，芦苇叶沙沙作响，冷得我们浑身都在打颤。"父亲回忆起芦苇荡的一幕幕，又点燃了一支烟，接着说道，"左手抓一把苇秆，右手连割带砍。砍完了就要顺带用麻绳捆好，再扛到统一的收纳场，一天下来腰酸背痛。晚上睡的床就是芦苇做的，搬几捆芦苇铺平，再垫上棉被，两个人拼一张'床'，一个人的被子当垫被，另一个人的当盖被。住的地方就是用纤维布临时搭的棚子。当时那条件真是艰苦啊，每个人的手上都是刀疤或伤痕。要是能喝上一碗芝麻姜茶，那就是最高级的享受了。"

父亲又抽了几口烟，说："砍芦苇不管刮风下雨，白天都得干活。要是岳阳或湖北纸品厂的货船未及时来运货，收纳场堆积成山了，大伙可以休息半天或一天。这时候大家要么打扑克，要么下象棋，要么相互帮忙剪一下头发。庄会计就利用这点时间给我们统计工资，熊师傅喜欢在棚外拉二胡。还有些人就去抓乌龟或捕鱼，运气好的时候，大家就能吃顿草鱼火锅。虽然辛苦，但大家互帮互助，在那个寒风凛冽的冬季也是特别地温暖。"回想起当年砍芦苇时光的点点滴滴，父亲嘴边露出了一丝丝微笑。

1993年，父亲开始做点南北货生意。因为武潭和马迹塘都离常德比较近，所以基本是去常德进货：到老常德服装批发市场选衣服、袜子；到汉寿进雨靴或黄球鞋；到老城区那边选干货或糕点。在马迹塘往返常德的中巴车上留下了父亲奔波劳碌的身影，一次次地凝视窗外，父亲也见证了常德的蜕变和崛起。

星霜荏苒，不知不觉我们这群80后也已陆续成家。每年寒暑假都会带父母出去旅游，父亲总是提议去常德转转，去过桃花源、柳叶湖、花岩溪。有一次经过常德河街，父亲还特意绕到沅江边走了一段，望着鳞次栉比的高楼，他感慨万千地说："变化太大了，1998年涨洪水的时候，这一片真的满目疮痍啊。现在这么多高楼大厦，又新修建了这么多桥梁，难怪上次庄会计说分不清哪是哪了，常德是一座了不起的城市。"父亲并不热衷于去旅游景点，更喜欢去大马路或小河边转转。看看这棵树，瞧瞧那座桥，或者去吃碗常德米粉。足矣！

夕阳西下，又一次漫步在环湖路。父亲倚靠在大理石砌成的栏杆上，望着烟波浩渺的柳叶湖，一道斜阳透过柳树的枝丫垂落，将他的影子拉得很长很长……

记忆深处的暖火笼

冬天的风,再温柔也是刺骨的。作为一名在湘北农村长大的孩子,对这句话的体会更为深切。天寒地冻的时节,放学回家,提着暖火笼去做作业,那惬意的感觉,真是只可意会不可言传。

暖火笼,又称烘笼、烘篮、烘笼儿、取暖笼等。主体由竹篾的外罩和瓦钵的内胆构成,曾盛行于四川、贵州、湖南、江西等地。

父亲是一名篾匠,每到下雨天的闲暇时光,他就会寻些合适的楠竹,剖篾,准备制作烘笼。先把竹条、青篾、黄篾分门别类地剖好,然后开始编织暖火笼。我们几个小孩子喜欢捡点边角料制作玩具,并在旁边围观:父亲把两根短的竹条摆成一个"十"字,先用细的青篾围着"十"字编织,编织到直径在30厘米左右,再用宽的青篾收边。接下来开始编织暖火笼的"笼身",编织到五分之三的样子,就把内胆(瓦钵或瓷钵)先放到暖火笼内,再把暖火笼收口,留一个直径约15厘米的圆形口子,最后在上方用竹条架起一根横梁,便于提携。整个暖火笼的形状就像一个花瓶,四周留有菱形的透气孔,简洁而又大方,若是现在应该可以称之为"取暖神器"。

到了寒冬腊月，母亲就会搬出暖火笼，在内胆铺上一层冷柴火灰，先盖上一层炭火，再放上两三块木炭。室外寒风凛冽，我和几个同学背着书包回家，走近一堆红彤彤的炭火，看着都十分温暖。我把冰冻的双手放在暖火笼的上方，一股暖意由掌心向身体传递。有两个同学回家还有几里路，外头实在太冷，手脚都冻麻木了，就先在我们家烤一阵火，有时候袜子或裤脚湿了，就在这烤干了再继续赶路。大家轮番地把手伸向暖火笼，再双手相互搓一下，又把手伸向暖火笼，然后双手又相互搓一下，大家挤在一起，浓浓的暖意将我们包围。

目送同学的背影渐行渐远，我提着暖火笼去做作业。把暖火笼放在书桌的下方，脚下温暖，书写答题更流畅。父母担心我着凉，时不时过来加点炭火，在儿时的记忆里，我从未感知到冬天的漫长与悲凉。

有一次，在放学回家的途中，和几个同学跑到田埂上追逐打闹。脚一滑，我一屁股坐到了冬日的水田里，裤子上沾满了稀泥，还湿了一大截，还好书包没浸到水。我赶紧往家里跑，这可是姑姑刚给我买的新裤子。正好爸妈都不在家，我三下五除二迅速把裤子清洗干净，必须赶在爸妈回家之前烤干，我心急如焚，急忙搬出了暖火笼，在里面堆了厚厚的一层炭火，又多放了几块木炭，把湿裤子搭在上面，就到隔壁的房间去做作业了。

一阵刺鼻的气味飘来，怎么有一股烧焦的味道。我想起暖火笼上的裤子，天啦！推开房门，只见火光冲天，我大叫一声："着火啦！"迅速跑到水缸边，舀起一瓢水，浇了下去，没什么反应，又舀起一瓢水浇下去，大声呼喊着："起火啦！起火啦！"正好母亲打猪草回来，她赶忙端起一脸盆水，从火苗的正上方浇了下去，瞬间腾起一团烟雾，灰尘四溅，又浇了两盆下去，总算把火苗浇灭了。我的裤子和暖火笼的外罩已经被烧得面目全非，只有瓦钵的内胆还在喘着气。

听到父亲回家的脚步声，我偷偷地躲到了粮仓后面，母亲跟他讲了着火的来龙去脉。父亲把我叫了出来，平静地说道："暖火笼的外罩天天被火烤，温度高一点就会烧起来。以后烤衣服要注意点，炭火大了，或者湿衣服盖得太严实了，都会把暖火笼的竹篾引燃。"我胆怯地"嗯"了一声。父亲接着说道："你继续去做作业。我明天再编一个新的暖火笼。"

第二天放学回家，一个崭新的暖火笼摆在房间里。我触摸它那竹节的纹理，倍感亲切。望着瓦钵内忽明忽暗的炭火，似乎感觉到了暖火笼的心跳，百感交集。

每逢过年的时候，亲朋好友聚会，大家围着暖火笼而坐。嗑着瓜子，嚼着红薯片，喝着热茶，拉着家常，聊着过往，幸福的因子挤满了厅堂。以暖火笼为中心，家家户户都是团圆的模样，有了暖火笼的陪伴，乡亲们的小日子都泛着红光。

星霜荏苒，物换星移，随着科学技术的不断进步，电火炉、暖手宝、电热毯、中央空调等制热保暖设备逐渐普及，暖火笼已悄无声息地退出了我们的生活圈。

上个月去邻县的亲戚家喝喜酒，看到一位老爷爷佝偻着背，提着一个斑驳的暖火笼，倍感亲切。我寒暄了几句："您这暖火笼应该有些年代了吧？"老爷爷笑着说道："这是我老伴出嫁时的嫁妆，外罩更换了几次。这内胆的瓦钵比你的年龄还大哟。"他示意我把手伸过去烤火，接着说道："现在的电火炉暖手不暖身,这个暖火笼烤火,全身都温暖,还能驱体寒,可以祛风湿。"

回到家中,向父亲提起了暖火笼。他说:"现在木炭都很少人用了,谁还用暖火笼,你去三楼的杂物间找一找。"翻开一堆旧物件,看到暖火笼静静地待在那个角落,不卑不亢,外罩布满了灰尘和蜘蛛网。拿出来仔细地清洁了一番,并没有加炭火,我把手伸向了暖火笼,一股暖意涌上心头,久久不能释怀……

这种老古董虽然不再被青睐,却承载着几代人的乡愁,用暖诠释着代代相传的爱,留给我们的是一幕幕温暖的回忆。

后备厢的爱

日居月诸，雪北香南，返乡潮和复工潮在幸福的道路上此起彼伏地上演着。思念与乡愁仿佛被一块巨大的磁石吸引，四处奔波的游子回家团聚。新春伊始，不舍与牵挂又伴着滚滚车轮告别故土，后备厢满载着腊肉、鸡蛋、茶叶、土特产和浓浓的爱奔赴远方。

去年腊月我回湖南老家，母亲知道孙子、孙女都喜欢喝甜酒，在甜酒出甑的那天特意预留了两大罐，藏到了米桶旁。再三强调："这两罐甜酒不要动，年后你们带回深圳去喝。"我说："一罐就够啦！在老家吃几顿就差不多了。"母亲白了我一眼："城里哪能买到这么好的甜酒，自己家有就多带一点。"

父亲特意选了个大晴天，把熏好的腊鱼、腊肉、腊鸡全部清洗一遍，再放到太阳底下晾晒干。左瞧瞧、右看看，又拿到手上掂量一番。"这五块腊肉不错，肥瘦参半，你们带到深圳去吃。你们在深圳用的那菜刀太钝了，腊鱼和腊鸡我给你们全部剁好，再用保鲜袋一袋袋装好。"我和拙荆怎么劝说都没用。"我和你妈两个人吃不了多少，这些都给你备好，到时候一起带过去。"

父亲总是乐此不疲地准备着各种腊味。

因为突发情况，我们准备提前到大年初四返深。母亲带着失落的目光，自言自语地念道："有这么急吗？估计城里的超市还没开门，那萝卜、胡萝卜、白菜、红菜薹你们都多带一点过去。"她一边念，一边给父亲找手套。"不用戴手套，今天的雪不厚。"父亲已经穿好雨靴，背着竹篮往菜园方向走去。

我已经收拾好行囊，后备厢塞了两个密码箱和两个背包。腊肉、腊鱼、茶叶、青菜和土特产心照不宣地"蜗居"在了一起，虽然"家"很小，却特别温馨。母亲又提来一大包，"雪枣、麻通、法饼、红薯干这些都是小孩子喜欢吃的。"父亲也提了两瓶白酒过来："这是你恒叔从山西带回来的好酒，你带过去招待朋友。"我站在后备厢旁不知所措：拒绝，父母满脸的不悦；收下，"爱"已无处安放。四目对视，面面相觑。父亲把青菜往里推了一下，又挤了一下，再压了一次，索性把白酒的包装盒拆掉了，终于把两瓶白酒塞进了后备厢。母亲把两个双肩包推了又推，总算让这一包土特产"趴"在了双肩包上，勉强地关上了后备厢。

老家的规矩，出远门是不能走回头路的。车子快要开到镇上时，拙荆才发现儿子学习用的iPad还放在客厅充电，急忙打电话给父亲。透过后视镜，我望着两个奔跑的身影离我们越来越近，我赶紧跳下车。父亲气喘吁吁地跑过来，"充电……充电器和平板电脑都在这个袋子里。"母亲也紧跟着追了过来，他们各抱着一罐甜酒。母亲也气喘吁吁地说道："你看你看，急急忙忙，放在米桶旁边的甜酒忘记带了。"望着满头大汗的父母，拙荆的泪水已噙满了眼眶，我强忍着激动、愧疚、欣喜、自责……迅速把两罐甜酒放到了副驾驶的下方。"爸、妈,你们多保重身体!"

　　车子徐徐启动,我和父母隔着一层玻璃,隔着万水千山。我按下了汽车音响的播放按钮:"是不是春花秋月无情,春去秋来你的爱已无声,把爱全给了我,把世界给了我,从此不知你心中苦与乐……"

三叔的流动打米机

在童年懵懂的记忆里,老家的每个村组(大约管辖30多户人家)都有一家打米厂,大家都是挑着担子或用牛拉着板车把稻谷送去打米厂加工。三叔早期承包打米厂,但除去电费和工时,难以维持生计。1997年他购买了一台流动打米机,从此开启了"上门服务"的打米生涯。

流动打米机由两部分组成:一台柴油动力打米机加一台三轮拖拉机。打米机直接安装在三轮拖拉机的尾厢位置,用一块军绿色的帆布盖着机身。三轮拖拉机只有一个大灯和前挡风玻璃,两侧都无车门。驾驶员座位就是一块长方形的木板,揭开木板就是工具箱。如此简单的设计,却给十里八乡的乡亲们带来了诸多便利,也给我们儿时留下了许多美好的回忆。

流动打米机已经提回来了,三叔决定先在自己家"开张"。他先把大半包稻谷倒进金属漏斗内,再用手摇扶手慢慢地转动机器,发动机发出深浅不一的轰鸣声,随着手摇扶手转动的速度加快,"轰隆轰隆隆"的打米机正式启动了。伴着打米机的声浪,机器的上方飘起了热气和青烟。网筛口白花花的大米蹦蹦跳跳地跃到了米桶内,那些被淘汰的碎米则从另一个小网筛口悄悄地躲进了蛇皮袋,头层谷壳打成了粗糠,顺着排气口进入大麻袋,二层谷壳被碾成细糠吹进另一个长长的帆布袋。左邻右里们纷纷跑来围观,三叔似乎也看到了致富的希望。从此,家乡那条泥泞的小路上留下了一道道车辙和三叔奔波忙碌的身影。

三叔的流动打米机解决了乡亲们挑担打米和为了省电费"拼团打米"的问题,隔壁王家村的几位鳏寡老人托人捎信让三叔过去打米。第二天早晨,三叔像往常一样开着拖拉机出发了。刚到王家村的村口,车子就陷在稀泥里,猛踩油门,车子后面冒起一团团黑烟,车身还是"原地踏步"。正在这一筹莫展之际,有位王家村的村民经过,"你等一下,我去村里叫几个劳力过来帮忙。"不一会儿,他带来几位搬着木板和红砖的农民,大家把木板放在前轮下,在左右后轮前各摆几块红砖。三叔把车子启动了,大家一起喊:"一二三,起!一二三,推!"车子在稀泥里挣扎出来了。流动打米机开进了王家村,足不出户就把稻谷变成了大米,几位老人和农妇笑开了花。一位孤寡老人紧紧握着三叔的手:"打米师傅,辛苦你跑一趟,我一次打两担米,够吃大半年了。"三叔歉意地说道:"乡里乡亲的,您太客气了,要不是你们村的邻居帮忙,我这打米机还开不进来呢!"一经传开,其他村庄的农户也纷纷捎信请三叔去打米。

大约过了三年的光景,三叔把流动打米机升级了,增加了炸"米泡筒"的功能。每次打了新米,三叔就会拿出两三升米,加入白糖搅拌,再倒入漏斗中。看着漏斗里的白糖米渐渐减少,机器的另一端"米泡筒"如雨后春笋般"长"了出来,把我们几个小孩嘴馋得垂涎三尺。三叔把前面炸出的一段次品丢弃,后面出来的良品大约50厘米就折断，稍微冷却，再依次装入袋子。我们总是急不可耐地双手各拿一根，享受这又甜又脆的美食。打那时起，儿时的小伙伴，只要听到流动打米机的轰隆声，都会跑过去看热闹。

星霜荏苒，物换星移，老家又进行了几次大规模的村组合并。农田改良、兴修水利、电网改造，还成立了新的大米加工厂，购置的都是新的机器设备，加工出来的大米色泽光亮。流动打米机也渐渐地退出了大家的生活圈，三叔把它停放在一间堆放杂物的房间。

前年下了一场大雪，电网出现故障，恢复居民用电尚需时日，大米加工厂的三相电更是遥遥无期。乡亲们都急着准备"过年米"，我和三叔把流动打米机推了出来，拍去机器上的灰尘，他又捣鼓了一番，随着手摇扶手的加速转动，时隔多年的轰隆声再一次响起，一颗颗大小不一的米粒又蹦蹦跳跳地闪现眼前。我抓起一把米放在手心，加工出来的大米确实不及超市的漂亮，但特别地"暖心"。望着三叔娴熟利索地操作机器，或许他才更懂他的"老搭档"。

遥寄哀思烟雨中

"纸灰飞作白蝴蝶，泪血染成红杜鹃。"烟雨绵绵，哀思阵阵，又到清明时节。时光飞逝，不知不觉奶奶离开我们已快5年了，每每回忆起与奶奶相处的点点滴滴，泪光中她的身影时隐时现。

从我记事起，奶奶除了洗衣、做饭和操持琐碎的家务之外，其余时间都是在纳布鞋。"这双是你大姑的，37码；这双是你四叔的，42码；这双红色是你表姐的；这双带虎头的是你堂弟的。毅伢子，你帮我把这些新鞋子都拿到太阳底下去晒一下。"奶奶一边纳鞋底，一边嘱咐我去做事。我坐在那里没动，生气地说道："奶奶，你总是要我帮忙做事，怎么没有我的新鞋子。"奶奶抬起头，扶了扶老花镜的镜框，又埋头去纳鞋底了。"去年不是给了你一双新鞋吗？""小啦，都穿不了，我的脚后跟都露出来了。"奶奶望了我一眼说："你去找一根稻草过来。"我跑到田埂旁的草垛前，抽了一小把稻草，奶奶弯下腰，用稻草比了一下我脚掌的长度。"哟！你这脚一年长了这么多，都可以穿32码的鞋了，我给你做大一码，做一双33码的新鞋。"没过几天，奶奶就递给我一双崭新的黑布鞋。"赶紧穿上试一试，看看合不合脚。"我穿上新布鞋跳了几下，高兴地说："很舒服，谢谢奶奶！等我长大了也给您买鞋子。"奶奶布满皱纹的脸上挂满了笑容。

"不求黄金重重贵，但愿儿孙个个贤。"除了勤劳，奶奶更是一位善良、节俭、识大体的长者。每次遇到有乞讨或落难的陌生人，奶奶都会留他们吃一顿饭，再打发半斤米。但自家人吃饭，她不许我们浪费一粒米，碗里必须吃得干干净净。她总是感慨地说："你们这些人都赶上好时代了，那些兵荒马乱的日子，我们连树皮都没得吃，还得四处逃难。感谢毛主席！我们这些人才脱离了苦难。"她时常跟几个叔伯妯娌说，不需要儿孙们大富大贵，踏踏实实做事，堂堂正正做人，平平安安就好。她和爷爷养育的八个子女的后代，基本都继承了他们勤劳善良的传统。2012年，奶奶成为太奶奶了，四世同堂，她还是一如既往地照顾自己的饮食起居，奶奶常说她这身子骨硬朗。

无奈岁月不饶人，奶奶84岁那年，油灯枯尽，驾鹤西去，走得特别安详。下葬那天，儿孙们披麻戴孝，哭声、唢呐声、锣鼓声、鞭炮声响彻了乡村的原野，邻村的很多父老乡亲也来送她最后一程。16位金刚师把奶奶的灵柩抬上了山顶，在苍山翠柏中又添了一座新坟。

茫茫宇宙，芸芸众生。父亲时常提起："家有一老，如有一宝。阖家大团圆，要是你爷爷奶奶都在世，甭提有多高兴啦！"如今奶奶不在了，家人们常常念叨起她。奶奶您知道吗？逢年过节亲人聚会的时候，都会提起您，常忆起您的谆谆教诲，感恩您纳的千层底，怀念您做的坛子菜，您的音容笑貌时常浮现在亲人们的眼前，大家一次次地潸然泪下。

窗外，淅淅沥沥的小雨下个不停，好像是先人与亲人在唠叨着、倾诉着、嘱咐着……

追忆天堂里的外公

"叮铃铃——"一阵急促的手机铃声打破了宁静的夜空,是爸爸打来的电话:"外公刚刚走了,你四姨和小舅舅两个人送终,走得很安详,你们明天订票回家吧!"我头脑里一片空白,泪水顺颊而下,久久不能平静。辗转难眠,我与外公相处的一幕幕像播放电影一样在脑海中闪现。一晃十多年过去了,外公的音容笑貌时常浮现在我的眼前。

外公虽然只是一位很普通的农民,在当地却是德高望重的人。他的家教特别严格,一共养育了九个子女,都是辛勤劳动,节俭持家。外公经常挂在嘴边的一句话:无规矩不成方圆。坐要坐得端端正正,凳子、椅子必须摆得整整齐齐。他自己也是身体力行地做表率,日出而作,日落而归,田土从不荒废。山坡上的楠竹、树木自己砍伐;稻田里一年播种两季水稻;菜园中的辣椒、茄子等各类瓜果蔬菜更是琳琅满目。外公勤奋踏实的优良传统也一直影响着我们这些后人。

小时候,每逢寒暑假我就会去外公家玩,他总是叮嘱外婆要多做几个菜,特别是我喜欢吃的蒜苗炒鸡蛋。他自己喝点小酒,然后用筷子的另一头蘸一点酒，滴到我的舌头上，笑眯眯地说："味道怎么样？"呛得我眼泪都出来了："好辣呀！"外公和外婆都哈哈大笑了。要是不小心把饭粒掉到了餐桌上，外公都会一粒粒地捏起来吃掉，然后语重心长地说："一粥一饭，当思来之不易！"时常问起我们《增广贤文》背诵得怎么样了，老师又教了哪些新知识，勉励我们要好好读书，将来才会有出息。朴实无华的言语却渗透着外公对晚辈的挚爱和期待！

七十古来稀，外公到了75岁的高龄，行动也没之前利索了，起居尚可，生活需要身边的人照顾。但外公依旧天天看新闻联播，经常拄着拐杖到附近走走，和几个老友拉拉家常。国庆节听说我要去看望他，"你总算来了！你外公6点多就到村口望你了，已经来回走了四次。"舅妈喜出望外地走过来说道。我跑到外公的房间，依旧是那么整齐，外公刚刚入睡，两鬓斑白，明显苍老了很多，但呼噜声依旧铿锵有力。刚坐下，外公就醒了，连忙起身，像枯枝一样却带着被窝温度的双手紧紧握着我的双手，眼睑边含着泪花。我赶忙给他点了支烟，外公深情地吸了一口："这红双喜的味道还是够劲啊！你已经工作了，准备什么时候结婚啊？你三个表哥都结婚了，外公可等着喝你的喜酒啊！"我说："快了，外公身体好，我结婚安排专车接外公去喝喜酒！"外公开心地笑了，笑容是那么灿烂，那么慈祥！像那红双喜烟的烟头即将湮灭，却带着炙热的红光，那么温暖！这也是我最后一次看到外公的笑容！

时光荏苒，转眼外公到天堂已有13个年头。我多希望还能为您点一支香烟，听您拉拉家常，但这一切都只能在梦境中了。现在您的外孙也是儿女成双了，愿您在天堂一切安好！赠外公：

清明祭祖念外公,孤灯泣血望长空。
勤勉励行传后代,齐家立业颂祖恩!

父亲的篾刀

很多人知晓桃江这个小县城，是因为它有"美人窝"之称，它的另一个不为人知的美誉是"楠竹之乡"。漫山遍野的楠竹造就了成千上万的篾匠，父亲就是其中的一个，篾匠的主要工具是篾刀，它陪伴父亲已有40多个春秋。

篾刀不同于柴刀，没有木质的刀把，全是铁做成的，刀嘴很锋利，刀背很厚，形状像广东这边的生鱼。父亲常说："弯楠竹、剖直篾，只要篾刀好，刀功好，竹篾就能剖得像面条一样细，我们彭家的祖上从江西到湖南，全靠一把篾刀走天下。"每次说到这，父亲总是引以为傲。篾匠的初级工作就是把竹子一剖为二，二分四，四变八，八切十六……越精致的竹艺品，竹篾就越细，对篾刀的锋利度要求就越高。父亲把剖好的青篾用来制作竹篮、竹筛、稻箅、捕鱼篓，黄篾用来做围栏或栅栏门，边角料就给我们做些玩具——竹宝剑、竹蜻蜓、竹风车或小竹马。做完了竹篾活，父亲就会把他的篾刀藏到宝物箱——那是一个父亲用来放工具的木箱子。

有一次，我和几个堂哥去砍柴，家里的柴刀不够用，我就拿着父亲的篾刀去了。在砍柴的时候，一不小心砍偏了，篾刀砍到岩石上，迸出了火星，刀锋缺了一小块。我们回到家中都不敢吭声，偷偷地把父亲的篾刀放回原位。第二天天刚蒙蒙亮，就听见父亲在大声地说："谁拿篾刀去用了，刀口全钝了，砍得像梳子似的。"我赶紧跳下床，跑了出来，看到父亲皱着眉头，又生气又痛心地说道："下次不能用这个砍柴了，要恢复原样，我得把刀磨好几天。"父亲边说边去拿磨刀石，先用粗磨刀石磨了几个小时，下午又用砂轮打磨了几次，再用细磨刀石又磨了几次，选了根楠竹试剖了几下，板着的脸终于露出了笑容，笑呵呵地说："可以了，可以了。"

父亲除了在自家做点竹制品，有时候也要去邻镇的竹艺厂干活，剖凉席篾、雕竹艺品、编竹篮、编箩筐、编簸箕。他总是说竹艺厂的篾刀不好使，坚持带自己的篾刀去干活，早上带过去，晚上回来在磨刀石上磨几遍，保持刀口的锋利。有一天下着小雨，父亲骑自行车回到家中，吃完晚饭准备去磨刀，发现绑在自行车后座上的篾刀不见了。"我明明捆绑在后座上的，怎么不见了？难道掉半路上了？"边念叨边往外走。"下雨了，拿把雨伞啊！"母亲急切地喊道，"带上手电筒。"父亲啥也顾不上，朝着竹艺厂的方向寻找去了。母亲赶忙拿着雨伞和手电筒跟着跑过去，两人分头行动，一个靠着路的左边找，一个靠着路的右边找，比寻宝的人还要仔细，生怕错过任何一个角落。大约走了两三公里，"看看这个是不是？"母亲说。父亲欣喜若狂地跑过来，看到篾刀静静地躺在草丛里，赶紧捡起篾刀，用袖子擦干篾刀上的泥水。仿佛见到了失散多年的亲人，父亲笑开了花。从那以后，父亲的篾刀就再也没有丢失过。

随着经济和科技的不断发展，栅栏、筷子、凉席的切割全部都改成机械化了，各种塑料篮子、塑胶筐和塑料工艺品也相继问世，竹篮、簸箕、箩筐、火笼也慢慢退出了人们的生活圈。篾匠已经成为一个被淘汰的职业，后来父亲去了长沙的工地做木工，他的篾刀也悄悄地躲在工具箱中冬眠了。

这次清明节回老家，准备带着姝琦去山上采茶。用胶袋装新鲜茶叶，就会把茶叶"烧"坏，用塑料筛子又不好携带，正在我们一筹莫展之际。父亲说："你们明天去吧，我等一下去砍几根楠竹，编个竹篮就好了，竹篮提着背着都方便，竹篾的间隙可以透气，就不会把茶叶'烧'坏。"父亲乐滋滋地翻开工具箱，先把篾刀磨了几遍，然后去山上砍竹子，锯竹、剖篾依旧那么娴熟……"爷爷，爷爷，我可以拿一下这个刀吗？"姝琦好奇地问道。"可以啊！"姝琦双手拿起了篾刀，"好重啊！""哈哈，哈哈！"父亲乐呵呵地笑着。傍晚时分，父亲就把竹篮编好了，姝琦掰了几个春笋放在竹篮里，准备背一下。父亲说："这就是竹篮提笋母携儿，还有一句是稻草捆秧父抱子。"姝琦看着爷爷，似懂非懂地眨着眼睛。

"现在的这些塑胶制品，有些又贵又不耐用，还影响环境卫生。我还是自己动手做一些竹篮、筷子、竹筛出来，你给你丈母娘也带几套回去。"不到一周时间，父亲又把他做的竹制品堆满了堂屋和走廊。每次做竹篾活中场小憩的时候，父亲总是边抽烟边打量着他的篾刀，时不时地拿起来端详一番，似乎与他的老友互诉着衷肠。

儿时"双抢"

作为一名居住在洞庭湖畔的80后，我们有幸经历了那个叫"双抢"的时节。每年暑假的六至七月，"抢收"早稻，"抢种"晚稻。我们几个小孩子帮忙割禾、晒稻谷、撒化肥、插秧。虽然辛苦，但在我们的成长生涯中留下了浓墨重彩的一笔。

每逢"双抢"的这几天，我们家都是三代同堂齐上阵。奶奶负责做饭，爷爷负责晒稻谷子，父母一辈负责收割水稻，我们几个堂兄弟帮忙割禾。

为避开中午的酷暑时段，大家都是披星戴月地干活。凌晨3点多，大人们就来到稻田开始割禾，我们在睡梦中隐隐约约听到打谷机轰隆隆的声响。到了5点半左右，爷爷会唤醒我们几个堂兄弟，我们睡眼惺忪地爬出蚊帐，随便扒几口饭，拿着镰刀就出发了。朝云瑷矱，行露未晞，在朦胧的晨雾中，我们欢呼雀跃着奔向了田野。大人们早已割完了一大片，田埂上已有好几筐已经脱粒的水稻。我弯下腰，左手抓着水稻苗的底部，右手拿起镰刀，"咔嚓咔嚓咔嚓"齐刷刷地割断了一把把的稻苗，再整齐地摆在田里。弯腰的瞬间，禾苗叶子会不经意刮到脸上，有时会划破脸颊，再流点汗水，脸颊就会无比刺痛。一旦汗水模糊了视线，就会被镰刀割到手，我总是小心翼翼。"去年割禾的时候，我就在这块田的前面捡到了一窝鹌鹑蛋，用辣椒炒，很好吃。"堂哥兴高采烈地跟我们分享，"看看今年谁的运气最好。"说得我们欣喜若狂。一不留神，"哎呦"，我的手被镰刀割了一道口，鲜血直流。大人们赶紧跑过来，在田埂上抓了把草药，放嘴里咀嚼了几次，然后敷到我的伤口上，再用碎布包扎几圈就止血了。我隐忍着疼痛继续割禾，速度比刚开始慢，但一直坚持到了最后。

"双抢"的日子里，伙食也是最好的，有鸡鱼肉，我们还能喝上汽水。割早稻的第一天，奶奶会在饭锅里撒上薄薄的一层玉米、花生、红豆、绿豆和新收割的稻谷，寓意五谷丰登，大家盛饭时都会吉言几句。家人们边吃边聊，好不热闹！"轰隆！轰隆！"下起了雷阵雨，大家急忙丢下碗筷，冲出去收稻谷。大人用箩筐挑，小孩用簸箕搬，实在来不及就用红蓝纤维布先盖起来。大家忙得筋疲力尽，快要收完的时候，太阳又露出了笑脸，真是六月的天像孩子的脸，说变就变。但不变的是不管风吹雨打，依旧辛勤劳动的人们。

收割完了早稻，大人们开始赶着耕牛犁田，我们就去撒化肥。左手端着盛满碳铵、磷肥、钾肥的铁盆，右手抓起化肥撒向前方。迈着深浅不一的脚步走在水田中，偶尔也会摔一跤，爬起来继续干活。家乡那片贫瘠的稻田留下了我们儿时瘦小的身影，也给了我们从哪里跌倒就在哪里站起来的勇气。

犁完的稻田要经过一个晚上让泥巴沉淀才能插秧，所以前一天晚上大人们就会去扯秧苗。第二天，盛夏的水田热浪滚滚，父亲会给我们做示范:"按着'起头'的一排秧苗插秧,横平竖直,对角成线,歪了的要返工。"我左手拿秧把,用大拇指捋出秧苗,右手取苗插入水田中。一二三四五……火辣辣的太阳晒在后背上,一阵阵灼热的刺痛。水田中倒映出自己微微颤抖的影子,看着一排排整齐的秧苗"立"在眼前,满满的成就感,忘却了后背的疼痛。放眼望去,一望无垠的田野上,大家都在用勤劳的汗水浇灌丰收的希望。

每年的"双抢"下来,被蚂蟥咬,被蚊子叮,加上其他的割伤擦碰,我们的身上伤痕累累。小伙伴们的皮肤不是晒成了"腊肉",就是晒成了"包黑炭"。小腿上还会结一层黄色的垢,需要个把月才能脱落。

随着科技兴农的步步推进,现在的农田基本都是机械化作业。水稻的产量也在不断提高,乡亲们都只种一季水稻了。这次暑假,我又回到阡陌交通、鸡犬相闻的乡下,再次站在田埂上:无法回头的岁月,难以忘却的"双抢"。感恩"双抢",让我们在农忙的点点滴滴中学会了坚强、成长和迎难而上。

十月纳禾稼

"一年好景君须记,最是橙黄橘绿时。"苏轼的这两句诗或许正是十月丰收的真实写照。每到这个季节,割晚稻、扯花生、挖红薯、摘茶籽,田野中、菜地里、山坡上都是父老乡亲忙碌的身影。

恰逢国庆黄金周,行驶在回乡的路上。透过车窗望去,一片片金灿灿的田野,田埂上有几棵黛青色的水杉,白墙红瓦的农家小院和瓜菜成畦的菜园点缀其中,犹如一幅田园风光的沙画。

本想带着孩子们去稻田里体验一番,回到家中才知道我们家的晚稻已经收割完了。父亲正在水泥坪上翻晒稻谷,带着些许遗憾,我抓起一把金黄饱满的稻子。可惜,这稻田大丰收的情景我什么都没看到。但我又什么都看到了:看到了袁隆平教授在田间地头栉风沐雨搞科研,呵护他最心爱的杂交水稻;看到了父辈们在稻田里插秧、施肥、除草、灌溉、打农药;看到了一代又一代的人在用科技助农、科技兴农。一切春华秋实的美好瞬间在我的眼前展开。

虽然田间的秋收已经落下帷幕,但山里的秋收才刚刚开始。

父亲建议我们去采摘茶籽。我准备好蛇皮袋、竹篮和"7"字形的竹钩，带着孩子们兴高采烈地出发了。

走到山脚下，仰望高低起伏的山麓，墨绿色的茶树上挂满了大大小小的果实。林间的草木很多都变成了浅黄色或黄夹绿的色泽，步入林间，仿佛走进了雷诺阿《山坡小径》的画卷中，女儿兴奋地说："爸爸，快看，那树上有荔枝。"儿子反驳道："深圳才有荔枝，这应该是山楂。"我不禁哈哈大笑："你们就应该多回老家体验，连茶籽都不认识，这些树上的全是茶籽。茶籽是用来榨油的，这茶籽油现在可是奢侈品了，它秋季开花，经过春夏秋冬四季，到第二年的秋季才有收成，这是最珍贵的果实。"

我们边走边聊，走到茶树底下细观：硕果累累，五彩缤纷，有红皮果、黄皮果、青皮果，大小与荔枝相仿，形状像未成熟的水蜜桃。不少茶籽上还挂着水珠，晶莹剔透，在阳光的照射下，绽放着夺目的光彩。

准备开始采摘了，先站在树底下采摘低矮的。略高的枝丫，就先用竹钩往下拉，拉到合适的高度，再用左手稳住枝丫，右手采摘茶籽。最高的树枝就跑到树上去摘，一抓一放之间，竹篮里已堆起了一座小山。

远眺山下，又是另一番热火朝天的景象。广袤的田野中一台台收割机冒着缕缕青烟，发出隆隆的声响，正在紧锣密鼓地脱粒；田埂上挑着箩筐和扛着大麻袋的男劳力正在搬运稻谷；菜地里父老乡亲们有的在挖红薯，有的在割黄豆，还有的在扯花生。大家又马不停蹄地开始了下一轮的农耕，把喜迎硕果的汗水又撒进了肥沃的土地。树林中不时传出欢声笑语，对面山上偶尔飘出一段段山歌，整个山谷都弥漫在岁稔年丰的喜悦之中。

"九月筑场圃，十月纳禾稼。黍稷重穋，禾麻菽麦。"古人的丰收或许与今日的丰收不同，但五谷丰登的背后一定付出了万千艰辛。五千年的中华文明给我们生动诠释了："春发其华，秋收其实，有始有极，爰登其质。"蓦然回首，有些熟悉的旋律在空中回荡，恍然顿悟，人生又何尝不是这样？

家乡的茶园

小时候最喜欢跟着爸妈去采茶，这也是后来"勤工俭学"的一部分。因为采茶时时常有意外惊喜：发现小鸟窝或不知名的小昆虫，还可以在茶园里打"游击战"。那便是我们儿时最开心的时光！

清晨，迎着蒙蒙的晨雾，踏着青草上的露珠。树林里的布谷鸟叽叽喳喳叫个不停，幽幽的山谷中偶尔传来几声长尾雀的长鸣。嫩绿的茶叶散发出淡淡的清香，着实沁人心脾，让人心旷神怡。清明节前主要采摘一叶一芽的茶叶，但这种茶叶采摘回来都是直接卖给茶叶加工厂，用于制作毛尖。

清明节后到谷雨节前主要采摘两叶一芽，主要是做成绿茶，供自家饮用。采摘回来的嫩叶，不可堆积过夜，当天杀青、揉捻、晾晒，再用米糠烟熏三至五天即可冲泡。茶叶用胶袋或瓦罐封存，即可饮用到来年的4—5月。

谷雨过后的茶叶已经长出有5—10厘米了，这时开始用镰刀割茶，把割好的茶叶送到茶叶厂，晾晒后压制成茶砖或花卷，再通过发酵，制作成黑茶。

因种茶的人越来越多，从1993年开始茶叶就滞销了。恰逢竹业兴起，乡亲们纷纷把茶树挖了，开始种植楠竹。我们家也挖了大部分的茶树，只留了几十棵，夹杂在楠竹之中。每年采摘的茶叶仅够自家食用。真是"三十年河东，三十年河西"，2010年上海世博会，黑茶获得了金奖，父老乡亲们又纷纷开始砍楠竹种茶树。一时间"宁可三日无粮，不可一日无茶""黑茶，养生之选"等广告语响彻耳旁。

我们家的茶园却一直未动，任由它们自然地生长着。寒来暑往，楠竹与茶树互道早安；春去秋来，它们用自己的落叶去肥沃着彼此的泥土。不知不觉中，我们家的茶园也成了名副其实的野生茶园了。

来到深圳后，认识不少茶友。偶品安溪铁观音，友赠西湖龙井，时而云南普洱，时而凤凰单丛，抑或太平猴魁、正山小种。虽然各有千秋，但唯有家乡的茶叶让人倍感亲切。琴里知闻唯渌水，茶中故旧是桃江。也许是父母陪伴我们童年的印记，也许是那里父老乡亲的朴实无华，更甚是"宁恋本乡一捻土，莫爱他国万两金"的情怀，所以才深深眷恋着那片茶园。

又到了采茶的季节，看到朋友圈中亲友们采茶的照片，脑海中又泛起了家乡茶园的美景，难免触景生情。休对故人思故国，且将新火试新茶。趁年华！

乡间漫步

槐序，晨曦。丝丝缕缕的金辉在半开的飘窗中弥散，若隐若现，童年往事浮在记忆与遗忘的边缘。

推门，走向一望无垠的田野。长尾雀、斑鸠、画眉、布谷鸟、喜鹊尽情地施展着歌喉，此起彼伏地演绎着高中低音，像高保真音响的环绕立体声，抑扬顿挫，宛转悠扬，乡间被装扮成返璞归真的音乐现场。蓬勃的生命在田野里绽放，即将抽穗的禾苗沐浴着晨露和朝阳，清风拂面，稻田里荡漾起层层碧浪。点缀在田垄上的野花，或淡紫，或浅黄，或深红，和绿色的狗尾草一起迎风招展，惹得远处的山峦也闯入这幅田园风光的水墨画中。空气中夹杂着芝麻花和荷花的淡淡清香，沁人肺腑。沟坎边随意散播的苦瓜、丝瓜和葫芦瓜藤上已经硕果累累，同禾苗一道分享着光阴的故事。

和风丽日下，伴着蝉鸣和蛙叫走近一片小荷塘。荷叶、睡莲、菱角苗、水葫芦层层叠叠地铺在水面上，拥挤亦会彼此谦让。忽地，荷叶上的一只青蛙一跃而起，伸展四肢，卷起舌头，美味的早餐已悄然下肚。落下，荷叶微微一颤，荡开一道道微波，荷塘又恢复了风平浪静的模样。几株高挑的红荷从水中钻了出来，微笑着露出了嫩黄色的小莲蓬，随风而舞，与不远处的黛瓦青砖相映成趣。在碧绿的荷塘里，蛰伏着一个冰清玉洁的灵魂，向着深秋眺望。

走到桂花桥，思绪如脱缰的野马，飞奔到岁月的深处。记得上小学时两座村庄之间隔着一条资水河，一直没有桥，全靠河中的几个石礅过河，遇上涨水就要绕道而行，得多走六七里路。一次下大雨，一个四年级的男孩在过河时被冲走，幸运的是在河道下游被一个放牛的男人救起。从那以后，两个村庄下定决心组织捐款修桥：这家五块，那家十块。没有经济能力的出劳动力：砍树、挑石头、搅拌灰浆等。人心齐，泰山移，通过一年多的挖、填、修、补，一座钢筋水泥桥横跨于资水河上，解决了两村的通勤问题，也造福了一方百姓。恰逢乡村振兴，现在已改造升级为现代化桥梁。石碑底下长满了青苔，朱砂红的"桂花桥"三个字依旧清晰可见。历经岁月的洗礼，旧装新颜交织在一起，留下厚重而平和的气息，愈发光彩夺目。

桥梁是大地的图腾，记录着这片土地遥远的过往和美好的未来。滔滔不绝的河水，百年不变的韵律，吟唱着不老山河的咏叹调。触摸石桥上斑驳的纹理，往事的光影在脑海中次第呈现，把心交与白云，随风自然飘散。

站立桥头，河畔草木葳蕤，河中碧水清流。白鹭、鸬鹚、翠鸟时而沿河而飞、时而临水而扑，倦了，振翅，飞向一棵棵杨柳树。恍然想起苏轼《临皋闲题》中的词句："江山风月，本无常主，闲者便是主人。"融入山水，内心便多了一分通透与豁达。

"嘎——嘎嘎——"大鹅的叫声把我的思绪又拉回到青山绿水的乡野。三只大鹅和成群的鸭子在河水中嬉闹，一对对宽大的蹼轻盈地划开水面，不时地撅起屁股，一头扎进水里，仰头，屡试屡败，一无所获。在一次次的得失中，小鸭子历经心灵的蜕变，沉浮于岁月的河流中走向成熟。再一次扎进水中，瞬间，把伸长的脖子收回，吞咽，泥鳅、小鱼、小虾已滑进它的胃囊。欢快地拍打着翅膀，又"嘎嘎"地高歌一曲，优哉游哉地享受着夏日的美好时光。

山风徐徐，沿着乡村公路而行，茂盛的树枝旁逸斜出，枝叶错落有致地遮蔽了骄阳，也收拢了我四处张望的目光。一晃神，大片视野开阔的菜畦映入眼帘，岁月的枝头，写满盈盈的期待，硕果累累。菜地里是一番欣欣向荣的景象，紫色的茄子、红色的螺丝椒、橙黄色的小米椒全都压弯了腰，玉米挂着长长的胡须在风中摇曳。戴着草帽的农人有着古铜色的脸庞，咧嘴一笑，露出洁白的牙齿，眼睛里闪烁着光芒。谈笑间眉飞色舞，欣喜盈怀。黑黝黝的土地，暗示着天道酬勤的哲理，人看果，果看人，既是大自然的馈赠，更是大地对勤劳双手的肯定。

炊烟是村庄的灵魂，现在却是奢侈品了。只有上了年纪的老人，依旧与老宅相依，围绕着油盐酱醋忙碌着，用柴火煮饭、炒菜、烧水，青烟从灶屋里飘溢而出。缕缕炊烟升起，空气里氤氲着烟熏味和饭菜的香甜。"暧暧远人村，依依墟里烟。狗吠深巷中，鸡鸣桑树颠。"阅尽人间百态，又见炊烟，目光的尽头似乎可以牵出一幕又一幕的往事，悠长，委婉。脑海中浮现出陶渊明的诗句，更平添了几分禅意。

远离虚无缥缈的网络，暂别永不停摆的都市，融入魂牵梦萦的故乡。漫步乡间，邂逅山、水、田、园，静享一份无以言说的清欢。几只白鹭从乡间的上空掠过，轻叩蓝色的梦想，我心飞翔。

斜风细雨忆蓑衣

冬雨，微寒。北风袭来，砭人肌骨，不禁想起那件淡然尘外的蓑衣。

蓑衣，棕褐色的外表，造型像盔甲，由棕榈树的皮棕毛制作而成，与斗笠、草鞋并称为劳保三件套，素雅而又神秘。带着诗情画意从《国语》《诗经》和唐诗宋词里走了出来，经久不衰。《国语·齐语》里记载："脱衣就功，首戴茅蒲，身衣袯襫，沾体涂足，暴其发肤，尽其四肢之敏，以从事于田野。"这里详细描述了古人在雨天干农活时的装束，说明在西周时期就出现了蓑衣的雏形，袯襫后来又演变成蓑衣这个名字。《诗经·小雅·无羊》中写道："尔牧来思，何蓑何笠，或负其餱。"由此可见，人们在先秦时期已肩披蓑衣、头顶斗笠，背着干粮牧羊。蓑衣，既能遮风挡雨又可防寒保暖，而且轻巧便携，慢慢地演变成农耕时代的"挡雨神器"，延续千年，源远流长。

初识蓑衣，是看爷爷做编织活：竹篾织斗笠，稻草打草鞋，皮棕编蓑衣。我热衷于围着爷爷的工作场地收集一些边角料，或做成跳绳，或做个竹蜻蜓，自娱自乐，乐此不疲。编蓑衣最耗时，断断续续地编，半个月才能完工。

　　后山的斜坡种了一排棕榈树，每年夏季爷爷都会从棕榈树上剥下几层棕榈片。将棕榈片铺在木板上，刷洗棕尾，把棕毛捋平顺，去掉碎末，涂上一层桐油，晾晒干，既可自用，也能单独售卖，所以民间有"千棕万桐，永世不穷"之说。

　　择个良辰吉日，爷爷开始编蓑衣，他聚精会神地坐于"木马"前，双手搓揉棕纤维：先在手心沾上一层水，双手用相同的力度撮合，加速，左手定做棕纤维，右手用劲撮合，收尾。棕绳、棕绒、棕榈片、缝合线已备好，爷爷布满老茧的手心又长出了一层层新茧。编织从领口开始，棕榈片一片接一片，用铁针在皮棕表面缝线，爷爷像艺术家在雕刻艺术品一样，目不转睛地望着皮棕，一针一线地缝，间距均匀，疏密有致，自上而下织成斗篷的形状。上半身的叫"蓑衣披"，圆形领口，前开襟，可用左右两边的棕绳系牢；下半身的叫"蓑衣裙"，似裙摆，用棕绳吊在肩上，裙摆的棕毛要让它自然垂悬，方便雨滴顺势而下。领口与衣襟用薄嫩棕片包边细缝，最后缀上棕绳腰带，大功告成，基本造型像音乐会上指挥家穿的燕尾服。

　　我恳求爷爷让我试穿一下，披上蓑衣，人小衣大，裙摆都挨着地面了。我神气地模仿着武林大侠的模样，戴斗笠，披蓑衣，手持一把竹宝剑，故作高冷，家人们笑得前俯后仰。

　　爷爷收回蓑衣，高挂于堂屋的墙壁上，似有大鹏展翅的气势，静待着迎接一场场狂风暴雨。

　　湘北农谚："春争日子夏争时，万物宜早不宜迟。"春耕或"双抢"时节，为了抢种抢收，田间菜地一刻也不能停歇。每逢雨季，村里的男劳力都戴着斗笠，披着蓑衣，犁田、插秧、施肥、收割，在一片片梯田中写下了五谷丰登的期盼。田野里仿佛成了斗笠和蓑衣的丛林，成为雨中一道奇特的风景。雨雾朦胧，父亲披着蓑衣，赶着耕牛，扶犁翻地，在漠漠水田里溅起朵朵水花。时有白鹭、鸬鹚、雨燕翩翩起舞，不经意间，演绎着一幅灵动鲜活的农耕水墨画，仿佛镶嵌在水田里的画框，时常萦绕于我的脑海，宛如昨日。

步入校园，对蓑衣有了更深的认识。先读柳宗元的《江雪》："千山鸟飞绝，万径人踪灭。孤舟蓑笠翁，独钓寒江雪。"大雪纷飞，一位蓑笠翁独自在江边垂钓，画面优美而凄冷，意境开阔却冷清幽僻，刻画出一位孤高、冷傲、坚毅的渔翁形象，也把蓑衣推向了更高的境界。每读此句，浮想联翩。再读张志和的《渔歌子》："青箬笠，绿蓑衣，斜风细雨不须归。"同样是蓑衣，同样是渔翁，却是截然不同的画面。把丰富的渔家生活，悠闲自在的渔翁，展现得淋漓尽致。后读苏轼的《定风波》："竹杖芒鞋轻胜马，谁怕？一蓑烟雨任平生。"此词为苏轼被贬黄州的第三年所作，醉归遇雨，拄竹杖，穿芒鞋，披蓑衣，在泥路上健步如飞，比骑马还轻便，何等的逍遥自在。作者借雨中潇洒徐行之举动，表现了虽处逆境、屡遭挫折而不畏惧、不颓丧的倔强性格和旷达胸怀。

在童年的记忆里，若是放学时遇上下雨。爷爷总会戴着斗笠、披着蓑衣出现在教室门口，引来无数同学羡慕的眼光。他先解下蓑衣，半蹲着身子，我背着书包，爷爷背着我，再把蓑衣披上，系好棕绳。爷爷背着我在雨中慢慢地前行，我躲在蓑衣里，无惧风雨。耳边不时传来雷鸣声，四周什么也看不到，我却感到无比的安全和温暖。

记得上初二那年，有一次下起了滂沱大雨。大部分同学父母都骑着摩托车、披着雨衣过来接孩子。我在校门口望穿秋水，依旧没见到父母的身影。突然一个黑色的身影，步履蹒跚地向学校走来。头戴斗笠，身披蓑衣，佝偻着背，左手拿着斗笠，右手拎着蓑衣。是爷爷！爷爷气喘吁吁地走来，微笑着说："你爸妈去姑姑家帮忙去了。"边说边示意我把蓑衣披上，我没有接爷爷递来的蓑衣，感觉脸上似火烧一般。"都什么年代啦！还穿蓑衣，太土了，其他同学都是打雨伞、穿雨衣了。"望着旁边的女同学，我感觉更加尴尬了。

爷爷望着我，歉意地笑了笑，什么也没说，顺势点燃了一支烟。

我背起书包，头也不回地冲向雨中，爷爷在后面呼喊着我的名字。估摸着其他同学已经看不清我的背影了，我停下了脚步。没有雨具的遮挡，呼啸的北风夹杂着雨水肆无忌惮地抽打着我，砭人肌骨。爷爷追赶了上来，上气不接下气地说道："爷爷知道……知道你长大了，爱面子。这么大的雨，雨伞不顶用，蓑衣能裹全身不会湿。傻孩子，淋雨了会感冒。"爷爷说边给我戴好了斗笠，雨滴敲击着冰冷而坚硬的斗笠，在头顶迸发出"吧嗒吧嗒"的声响，也敲打着我那颗意气用事的心。我转过头，偷偷拭去了腮边的泪水，接过蓑衣，麻利地披上。"爷爷，你以后不要给我送蓑衣了。"爷爷无助地点了点头。我快步向前，披着蓑衣在风雨中行走，既暖和又轻便。身后熟悉、温暖的气息，如同冬日暖阳慢慢地铺展开来。不知是什么蒙眬了双眼，泪水伴着雨水悄悄地滑落。

一袭蓑衣，遮挡风霜雨雪，蹚过似水流年。砍柴挑担的樵夫，摇橹撒网的渔民，骑牛吹笛的牧童，只要披上蓑衣，瞬间超凡脱俗，意境之美妙不可言。蓑衣装饰过的村庄，生动、可爱、暖心、难以忘怀。时过境迁，现在各类雨伞、雨衣、雨具造型奇特，色彩缤纷，但总感觉少了点什么，不够沉稳？缺乏古朴元素，还是深深向往的耕读意境？或许是无比留恋的陈年往事吧！物换星移，蓑衣悄然隐退。偶有几家湘菜馆的墙壁上悬挂着蓑衣，散发着古典韵味和草木的清香。蓑衣穿越几千年的风雨沧桑，依然挺立于世。还原一段光辉的历程，以艺术品的象征俯视着苍生，透着一种灵动与缥缈，煽动着乡愁，抚慰着游子的心灵。

重归故里，见到我家的蓑衣依然高挂于堂屋的墙壁上，笑看草木，傲视风雨。拂去岁月的尘埃，心生敬意。触摸斑驳的棕绒，指尖叩响时光之门，爷爷慈祥的面孔和一幕幕往事在我的脑海中闪现，百感交集。

将山水田园与诗词歌赋完美结合是农耕文明孕育的果实，蓑衣堪称中华农耕文化中的一部典籍。它与其他文化一样绚丽多彩，让人们在历史前进的风霜雨雪中感到了一丝温暖和希望，传遍寰宇，历久弥新。

"绿皮"远去

童年时代，甭提坐火车，连看火车的机会都很少。有个亲戚住隔壁镇，当时的"益灰共青铁路"（后更名石长铁路）从他们家门口经过，逢年过节串门时，我和几个小伙伴都要跑到斜坡去看火车，总是期盼着能乘坐一次。

"呜呜——"每当悠远空灵的鸣笛声响彻山谷，我和几个男孩子就争先恐后地奔向斜坡。耳旁传来"哐当哐当"的声响，一辆绿皮火车呼啸着从远处驶来。车离得越近，大家就越兴奋。"火车，火车……"我们激动得手舞足蹈，把斜坡上的野草都踩翻了一大片。车轮与铁轨碰撞的声音将欢声笑语淹没，一节节的车厢在我的眼前掠过，带给我无尽的好奇和幻想。目送"绿皮"消失在大山的尽头，大家久久不愿离去。后来才知道亲戚家只是离铁路近，离火车站还很远。

第一次坐火车是从老家到深圳，站票。之前听表哥描述过火车上的种种奇闻轶事，心里充满着期待。"鞋带要系好，皮箱要抓牢，车票要捏紧。"凌晨5点多的火车，2点多就排起了长龙。随着安保人员的一声口哨，人头攒动，南腔北调的嘈杂声此起彼伏，我似乎没有抬脚走路，就被后面的人群挤进了车厢。站票，站哪？座位上坐满了人，过道上挤得水泄不通，有些人直接把密码箱一倒，一屁股坐了下去，瞬间把站票变成"硬座"。

火车一路颠簸南下，不经意间为我打开了人生的另一扇窗。绿色的巨龙在崇山峻岭间驶过，大树和电线杆飞快地甩到了车后，田野、江河、山岗、乡村、都市在车窗中不断变换着，窗外的一切美不胜收。车厢内的空气中弥漫着香烟、泡面、烤香肠、麻辣鱼仔混杂着臭袜子的气味，刚开始嗅觉是排斥的，或许是人间烟火的缘故，慢慢地也就习惯了。"瓜子泡面口香糖，矿泉水，八宝粥，茶叶蛋，槟榔……"推销食品的列车员一声声地吆喝着，既押韵又动情，挑逗着味蕾，煽动着乡愁，不时有人把钞票递向列车员。火车走走停停，裹足在狭小的空间里，困倦和睡意不时地袭来，小孩的哭闹声，大人的呼喊声，又把人折腾得睡意全无，疲惫不堪。旅途漫漫，经过几个小时的相处，邻座的旅客彼此都放下了戒心，纷纷把鸡蛋、饼干、水果、土特产拿出来一起分享，三缺一的再叫个陌生人一起打扑克牌，家长里短地扯了起来，气氛越来越活跃，渐渐地欢声笑语把满腹怨言覆盖。

唯一一次坐票是从大同到北京。由于太原到长沙的航班延误，几经周折，只好转北京的航班回长沙。大年三十晚上，在大同站登上K598的列车，一节车厢就十几位旅客，异常冷清，着实让人有点不适应。窗外不时有烟花燃起，火树银花，绚丽多彩。坐在另一排的一位老大爷提着个不锈钢的保温桶在我对面坐了下来。"小伙子，从南方来啊！"我点了点头。"看你这羽绒服就知道，这么薄。在咱这儿都不顶用。"我心里暗暗佩服，明察秋毫啊，便攀谈了起来。老大爷揭开了保温桶的盖子，一股香气扑鼻而来，我才想起一路转车，背包里就剩下两瓶营养快线了。"咱这过年就得吃饺子，来！吃饺子。"咕咕直叫的肚子暗示我恭敬不如从命，韭菜馅，吃第一个饺子，我打了三次嗝。一桶饺子，一人一瓶营养快线，在绿皮的车厢里天南地北地闲聊着，这就是我们的年夜饭。时隔多年，那淳朴的笑容和善意的谦让，让我至今都难以忘怀。

时代的车轮滚滚向前，"绿皮"承载着几代人挥之不去的回忆，但它终将淡出人们的视线。动车和高铁的兴起，其舒适度和便捷性不断地刷新着乘客的出行幸福指数。

蓦然回首，我已经有12年未坐过绿皮火车了。那一段段慢悠悠的时光，那股琐碎、辛酸、零乱的人间烟火气，那些温暖感人的片段，随着时间的推移，愈发清晰了起来。

儿时的压水井

暑假探访周立波故居,在"艾青清溪书屋"的旁边见到一口压水井,百感交集。弯腰,按压铁质的手柄,伴着一阵阵"吱呀吱呀"的声响,一湾清泉从锈迹斑斑的铁管中喷涌而出,那洁白的水花,散入我儿时的梦……

我家的压水井修建于1993年,由于老屋地势比较高,当时挖了有20多米深。父亲和同村的几位叔伯先用铁丝和木桩定位,挖出一个直径1.3米的井圈,再用锄头和铁铲沿着井圈的内侧往下打井。挖到10多米深的时候,一人拿着短把锄头到井底作业,用粗壮的麻绳捆绑着腰部下井,并在麻绳两端各系一个铜铃铛。当井下的土已经盛满竹筐,就摇晃一下铜铃铛,井口的人就把竹筐拉上来。井口的人摇晃几下铜铃铛,示意井下的人上来换班。隔天下井时,都要先点燃几张草纸放下去,一是测试井内的含氧量;二是检查井内是否有蛇、鼠等动物。

经过20多天的施工,挖土、下井圈、撒石灰、铺水管等地下工程已竣工。开启压水装置的安装模式,压水装置由铸铁做成,套上塑料水管后要在底部砌上水泥墩,既能固定水井的井头,也可避免冬季低温时水管爆裂。装好的手压杆，利用杠杆原理可以上下按压取水，清冽甘甜的井水源源不断地从压水井中流淌出来，滋润着我的心田，也滋养着赤贫的家乡。

东方欲晓，我时常在睡梦中隐约听见"吱呀吱呀"的声响。那是早起的母亲在提前备好一天的生活用水。到了夏秋季节，父亲得趁早压几桶水上来，挑过去灌满奶奶家的水缸。再用通讯基本靠吼的方式，通知村里缺水的人家过来挑上一两担水。寒来暑往，无论天干地涝，我家的压水井从未干涸过。

儿时的记忆里，我也很喜欢帮着母亲去压井水。可惜力气不够，经常要和堂哥合力才能汲水上来。有一次由于两人用力不同步，"哐当"一声，压水杆弹了起来。我眼冒金星，感觉下巴一麻，瞬间红肿了一大片。母亲用刚刚压上来的水给我揉下巴，凉飕飕的，似乎还有镇痛的作用。母亲边揉边安抚我的情绪，几分钟时间，红肿就消了一大半。母亲又压了一盆井水上来，感觉更清凉，一点疼痛感都没了，在母亲无微不至的轻揉下，红肿消失了。压水井的水像母亲的爱一样陪伴我成长，亦治愈着我的童年。

压水井的水很神奇——夏凉冬暖。特别是到了"双抢"时节，大人们干农活回来，按压几下压水杆，用瓜瓢接满井水，一饮而尽，神清气爽，解渴又解暑。我和几个堂兄弟，经常用井水浸西瓜、香瓜和汽水。浸上个把小时，再切开西瓜，入口，真是透心凉心飞扬的感觉。到了冬天，清洗刚拔回来的萝卜，压上几桶井水倒入木盆，井水冒着热气，在寒风凛冽的季节，感觉不到一丝丝寒意。

屡变星霜，岁月无声。随着生活条件的提高，村里大部分的人家都装上了抽水机或潜水泵，压水井悄无声息地退出了历史舞台。母亲十分不舍，说这么些年习惯了用压水井，就一直保留着。当村里停电时，不少人又挑着水桶来到我家的压水井前。后来，我家选了新的宅基地，直接装上了自来水。压水井依旧以廉颇老矣的姿态矗立在老屋门前，在晨风夜雨中孤独终老，或许它已光荣地完成了自己的使命。

当我再次翻开杂草丛，压水井已是锈迹斑斑，青苔满满，完全不是当年的模样。按压几下压水杆，我听不到它的回应，惆怅。

恍然间想起儿时的土办法：用几瓢水"引水"。我找来半桶水，把压水杆压到最低，再慢慢地倒水，听到水井中传来"咕噜咕噜"的回响。又按压了几下，有声无水。加快按压的频率，水管中涌出丝丝泉水，水已变成浅绿色。擦拭一下额头的汗珠，我一次次地把压水杆按下，一股清澈的甘泉喷涌而出。

双手捧起甘泉，清凉依旧。

缝补岁月情如海

20世纪80年代，"三转一响"早已是结婚的标配。当时父母双方的家境都不太好，在选取嫁妆时，父母在卖自行车和缝纫机的门市部来回走了几次，最终选了"芙蓉牌"缝纫机。婚后，母亲脚蹬着缝纫机踏板，悦耳动听的旋律时常在家中响起，母亲的巧手把布匹变成了衬衣、长裤、鞋垫等。

在农村，大部分妇女的工作都是支援农田、山间打杂和饲养禽畜，遇上雨天就做点针线活。母亲不懂裁缝，下雨天就去帮邻村的裁缝师傅打下手：量尺寸、裁剪布料、修改裤围、熨烫衣服，俗称"看中学"，日积月累，掌握了一些裁剪和车缝的技巧。

每当夜幕降临，奶奶就会戴起老花镜纳鞋垫或鞋底。一针一线密密缝，样式精美，效率却不高，一大家子二十几口人的鞋垫要花上半年时间。母亲做了一个大胆的尝试，用缝纫机车缝鞋垫。她用牛皮纸裁剪出鞋垫的轮廓，再把布壳（用废旧碎布糊成的，片状，手感较硬）按照轮廓裁剪出来，三层布壳叠在一块。"嗒嗒嗒……"伴随着缝纫机发出的声响，一行行棉线已密布于鞋垫上，几分钟时间，左脚的鞋垫已经成型了。奶奶把鞋垫拿到电灯下，扶了扶老花镜，仔细端详了一番，脸上乐开了花。母亲又开始车缝右脚的鞋垫，突然，"砰"的一声，缝纫机的钢针断了。母亲仔细检查缝纫机和鞋垫，原来是布壳的碎布又厚又硬造成的。她重新裁剪了三块薄的布壳，换针，车缝，家里的第一双车缝鞋垫诞生了。

为避免出现跳线和断针的问题，母亲把布壳做了分类，厚的用来做鞋底，薄的做鞋垫。村里有缝纫机的人家，也都纷纷效仿了起来。

打我记事起，缝纫机就一直摆放在房间东面的显眼处，用玫红色的罩子盖着。母亲像呵护孩子一般呵护着它，格外珍惜，从不允许我去踩缝纫机的脚踏板，我亦敬而远之。她每次使用完缝纫机，总会有一个完美的闭幕式：先卸下缝纫机的皮带，然后在齿轮上点上几滴润滑油，接着把机身反复擦拭几遍，目测一尘不染，再轻轻地放入机舱，合上面板，用鸡毛掸子轻抚几次桌面，最后把玫红色的罩子盖上。

记得上小学时，有一次我们班被选中去县里参加文艺汇演，统一要求穿灰色裤子配白衬衫，白衬衫要有红色肩章。自己家的衣服以打补丁和缩水的居多，压根没有这类服装。母亲决定自己动手做，她跑到镇上扯了几匹灰色的"华达呢"和白色的"的确良"。

母亲反复测量了我的身高和腰围，用画粉和竹尺标注尺寸。一整天，母亲坐在缝纫机前忙碌着，左手不停地抚平布料，右手不时地转动缝纫机头，双脚轻踏着缝纫机踏板。裁剪、车缝、锁裤脚、熨烫、缝纽扣，每一步操作都似行云流水。第二天，一套崭新的衣服映入我的眼帘，我捧起衣服，爱不释手。但白衬衫的肩章还没着落，母亲很是犯难。突然她眼睛一亮，计上心来：用布壳剪出肩章的形状，再用红绸缎绕了肩章两圈，车缝，最后用刀片把四周的线头修剪平整，完美。我穿着笔挺的表演服来到学校，老师和同学们都投来羡慕的眼光。

傍晚时分，何老师推着自行车来到我家。拿出布匹，指着信纸上的一串数字，微笑着说明来意。原来是班上有几个男同学在镇上买的灰色裤子"垮纱"，裤裆和口袋都烂了，为以防万一，想请母亲帮忙赶做几条新裤子。

母亲莞尔一笑，爽快地答应了。

借着泛黄的灯光，母亲端坐于缝纫机前，有条不紊地忙碌着。脚踩踏板与齿轮转动的声音在静谧的夜空中流淌，"嗒嗒……嗒嗒……"的律动在房间里此起彼伏，汇聚成了母亲生命中动人的时光。经过几天的裁剪车缝，母亲的双眼里布满了血丝，班上的男同学满心欢喜地穿上了母亲车缝的新裤子，那次文艺汇演我们班获得了二等奖。母亲的心灵手巧和乐于助人，一时间成了同学和家长热聊的话题。

从那以后，母亲就利用空余时间车缝新衣服，赚点手工费。边角料，有些做成了小提包或小手绢，有些用来缝补旧衣服，绝不浪费一丝一缕。至于我和妹妹，大部分时间还是穿旧衣服或缝补的衣服。母亲常说："缝缝补补挺好的，合身保暖就行了。一粥一饭，当思来之不易；一丝一缕，恒念物力维艰。"母亲缝补着衣服，治愈着灵魂，启迪着我们幼小的心灵，勤与俭似乎成了她们那一辈人毕生的座右铭。

步入丰衣足食的时代，服装从最初防寒保暖的属性，慢慢地演变为美与时尚的代名词。健美裤、蝙蝠衫、喇叭裤、超短裙，版型千奇百怪，款式琳琅满目，颜色五彩缤纷。母亲那只会做合身裁剪的手艺和她的缝纫机，悄悄地退出了历史舞台。小日子越过越舒坦，母亲缝缝补补的习惯依然初心不改，她总是意味深长地感慨道："常将有日思无日，莫把无时当有时。由奢入俭难啰！"若是家人的衣服破了，母亲依旧戴起老花镜，端坐于缝纫机前耐心地缝补起来。为了哄孙子、孙女们开心，母亲想方设法把衣服破洞或刮烂的地方缝补成五角星、小花朵、大拇指或爱心的图案，缝纫机的声响串起一阵阵祖孙齐乐的欢声笑语。

世人皆恋旧物，母亲亦是如此。

缝纫机使用的频率少了，母亲坚持用罩子盖着它，隔一段时间还会给齿轮点上几滴润滑油。任岁月流转，母亲乐此不疲地呵护着缝纫机。在她的心目中这已然不是机器，而是家中的一员，更是家族中的大功臣。每每闲暇，拂尘，凝视，端详，母亲似乎总要与之诉说一番。

当我再次走近这台缝纫机，散落在脑海中那些关于母亲与缝纫机的丝丝缕缕的回忆，仿佛又被这缝纫机一针一线地缝补起来，编织成更美的梦。

墨斗寄深情

父亲是一名篾匠,做木工属于业余爱好。刨子、斧头、锉刀、钢锯、墨斗等工具一应俱全,其中的墨斗是玉木匠赠送给他的,父亲一直把墨斗视为掌上珍宝。

端起父亲的墨斗,斑驳的色泽和干涸的墨汁,久远的时代气息扑面而来,它已陪伴父亲四十多个春秋了。墨斗由墨盒、蚕茧(后改用海绵替代)、墨线、针锥、手摇转轮组成。父亲用食指抖了一下烟灰说:"你可别小看这小小的墨斗,用材也是很有讲究的,墨盒是用五年以上的老楠竹做的,圆形转轮必须用樟木(不开裂),蚕茧吸墨好又不易干……"

20世纪70年代,父亲拜庄篾匠为师,学习制作各类竹艺制品。那时候学艺都是先修品性,前半年是在师傅家帮忙砍柴、挑水、扛楠竹、插秧、割禾、挖红薯等打杂的事情,逢年过节都得登门谢师恩。父亲的勤劳和好学深得庄师傅赏识,三年学徒,三年搭伙(跟着师傅外出做竹制品)。有些大户人家会同时请木匠和篾匠干活,玉木匠也很欣赏父亲,闲暇时间就叫父亲去打下手,父亲顺理成章地学会了一部分的木工活。

篾匠学成后，庄师傅给了父亲一整套的篾匠工具。玉木匠亲手做了一个墨斗送给父亲，在当时给非本家徒弟送工具，算是最高荣誉了，父亲亦格外珍惜。

父亲并没有经过专业的木工学习，所以木工手艺只能在自己家做点桌椅板凳。在儿时的记忆里，父亲时常是下雨天在自家做点木工活：把圆木开成木方，将木方摆平，用墨线的针锥扎在木方的一端。左手端墨斗，右手逆时针摇转轮放线，边退边放线，用墨签在木方上先标注横向的位置。父亲弯下腰，半眯着左眼，把墨线绷直，用右眼全神贯注地目测木方与墨线的角度和距离。确定位置准确了，父亲左手紧握墨斗，右手捏起墨线，"嘣"的一声，瞬间，一条黑色的直线规规矩矩地印在木方上，也深深地印在我的脑海里。一条、两条、三条……父亲把一条条的直线印在木方上，也镌刻在他自己勤劳朴实的一生中。循着墨斗印出来的尺寸、标注、形状、角度再进行后期加工：切割、凿孔、镂空、拼接、卯合。在父亲的精雕细琢下，小板凳、四方桌、茶几、衣柜逐渐出现在我家的堂屋。邻里之间有什么家具需要修修补补的，父亲也乐意帮忙。

从小到大，父亲并没有要我去学篾匠或木匠的意愿和期望。他时常会用墨斗暗喻来教导我，求学做事要像墨线一样规规矩矩，也要能屈能伸；为人处世要像墨斗方中有圆，圆中有方。竹制品是用一根根的篾条编织的，家具是用一块块的木方拼接成的，人生也要一步步地走，踏实！

一辆摩托车在家门口停了下来。"发财发财，请问这是彭师傅的家吗？"一位年轻男子说明来意。父亲说："我一个篾匠去修改你们木工的活，不合适！这既挡了别人的道，说出去还黑了别人的香门。"年轻男子有点着急了："我去找过玉木匠，玉木匠说你过去可以修好的。"听他这么一说，父亲把工具箱中的墨斗、墨签、刨子等工具整理了一遍，坐上了他的摩托车。原来这年轻男子是一名新手木匠，用卷尺测量，用粉笔画线（太粗了），导致给别人家打的棺材卯合不上。父亲和他一起把十六块木方重新打墨线、刨木方、修整卯合接口，五天时间打好了一副棺材，在棺材内放上几把木屑和三斤白米给定制方送了过去，后来听说定制方的老者对棺材赞不绝口。

　　流光一瞬，华表千年。机械化和自动化程度不断提高，几千年传承的榫卯拼接工艺被螺丝、铁钉替代，不要说墨斗，即使木匠这个职业也已慢慢地淡出了大众的视线。父亲并没有听过木心的《从前慢》，当他粗糙的双手再次端起墨斗，佝偻着背，用力在木方上弹出一条条黑色的直线，心似白云，意如流水，父亲和他的墨斗似乎在演绎着《从前慢》。

母亲的菜园

母亲是一位地地道道的农民,一辈子都没有外出务工,菜园就顺理成章地成了她的工作单位,湖湘人"吃得苦、耐得烦、霸得蛮"的精神在她身上体现得淋漓尽致。

20世纪90年代,家里的菜园面积还不到两亩,被切割成了大大小小的几块。母亲根据每块地的面积大小,种植不同的蔬菜:大块的种红薯,中等的种白菜,小块的种大蒜和韭菜。四季更迭,菜园里的瓜果青菜次第登场,丰富着我们的餐桌,也温暖着我们的岁月。

星霜荏苒,乡村水渠扩建改道,村里的很多梯田由于缺少水源,都变成了旱田。邻居家都把旱田种上了树,等个十几年,树木成材就可以卖个好价钱。眼睁睁地看着旱田荒废,母亲十分不舍。于是,她和邻居商量,一起把旱田改为菜园。当时,在别人的眼中,这是一个疯狂的想法:开垦旱田至少要四五个月的时间,种那么多菜卖给谁啊?最后大家都没有开垦旱田的意愿。

母亲属于雷厉风行的性格,她计划把自家的旱田改为菜园,毅然决然。父亲赶着牛把旱田犁了几遍,母亲用锄头把一方方旱田分成三至五块的菜地。面朝黄土背朝天，汗水洒满泥土间，经过几个月的努力，一大片菜园的雏形已映入父老乡亲的眼帘。

新开垦的菜地仿佛成了母亲的另一个孩子，倾注了她毕生的慈爱和牵挂。菜园布置好了，母亲就开始种植各种蔬菜：白萝卜、红薯和其他应季青菜。母亲的大部分时间都是在菜园中度过，挖土、除草、施肥，有时候还要去浇水，她总是乐此不疲，时常是日出而作，日落而归。晚霞卷起母亲一天的劳累和艰辛，跨进茫茫的夜色中，把对菜园的依靠，化作明天的希望，迎来一个又一个的黎明。

眼看着瓜果蔬菜渐渐成熟了，却还没找到销路，联系乡里的农贸市场和邻村的养猪场都是碰了一鼻子灰。几经周折，终于和中学的食堂谈妥了，食堂各类瓜果青菜都要一点，但是要每天一早自己送过去。愁云一扫而空，母亲的脸上挂满了笑容。

东曦既驾，晨露未晞。凌晨4点多母亲就去菜园里摘菜，再挑到路旁，然后拖着板车去送菜，我和堂哥各站一边在后面推着。快到上坡的地方，母亲微微倾斜着身子，双手紧握着板车两侧的扶手，把板车的麻绳绷紧，小步慢跑，叫我们使把劲，一口气冲上去。时常是我们去中学送完菜回来了，邻居家还没有起床。母亲奔波劳碌的背影和那板车的车辙一起印在了家乡那条泥泞的小路上。

父亲时常要出远门做副业，打理菜园的重任就落到了母亲一个人身上。春天的莴笋、荷兰豆；夏日的辣椒、茄子、空心菜；秋天的西红柿、马铃薯；冬季的红菜薹、胡萝卜。寒来暑往，春去秋来，一茬茬的瓜果蔬菜在菜园里茁壮成长，一道道的皱纹也悄悄地爬上了母亲的脸庞。

我们总是劝她少种一点，年年劝，年年种。母亲说："这菜园都20多年了，荒废了多可惜。我种菜总比那些人天天打麻将强吧！我的身体状况我自己心里有数。"前年辣椒大丰收，结果销不出去。母亲把堆积成山的辣椒做成了剁辣椒，也学着别人发朋友圈，还请亲戚帮忙在微信群也发一下图片。没过多久，几十桶剁辣椒都卖完了，有人说以后还要买她的剁辣椒，那满满的成就感让她高兴了很长一段时间。

远离故乡，父母的健康永远是我最深的牵挂。昨天微信视频，再三叮嘱她今年少种一点菜，母亲说今年把几块菜地改种鱼腥草和紫苏了，她正憧憬着菜园里各种大丰收……随着年龄慢慢增长，我对孝顺似乎有了更深一层的理解，可能"顺"比"孝"更重要，顺着父母的意愿，他们就开心了，这不正是儿女们所期望的吗？

待到瓜果飘香时，她在园中笑。母亲，菜园里的"女汉子"，我心中的女神。愿故乡的菜园里四季常青。

枇杷树下的守望

时至立夏，桃红李白的斑斓已悄然退场，季节开启了由花到果的序章。望着黄澄澄的枇杷徜徉在墨绿的枝叶间，难免触景生情，心中涌起丝丝惆怅：爷爷坐在枇杷树下吧嗒吧嗒地抽着旱烟，不时地向着村口眺望。

大伯父是一名军人，每四年有一次探亲假。那时正是枇杷成熟的季节，一家人围坐在院子里品枇杷、拉家常，其乐融融，好不热闹。

院子里的几棵枇杷树都是爷爷打理。秋末冬初，枇杷树开出了白色的小花，雪白的花瓣包裹着浅黄色的花蕊，宛如自然天成的羊脂玉点缀于绿叶之间，冰清玉洁，柔美婉约，煞是喜人。这段时间爷爷就不许我们再爬到树上去玩，也不许拿着竹竿去打树叶，生怕破坏了那些花朵，导致来年的枇杷减产。"70年代这里就种枇杷树了，这棵是1983年你大伯父回来探亲时候种的。"爷爷如数家珍似的介绍着这几棵树，"早年大家连饭都吃不饱。你大伯父在隔壁公社吃过几颗枇杷，觉得那就是人间美味了。到了部队每次写信回来，都提到家里的枇杷，就嘴馋这个，明年他又要回来探亲了。"

不知不觉已到初夏,青绿色的枇杷泛起了金黄,像一个个小太阳洒落在繁茂的绿叶中。爷爷经常到枇杷树下转悠一圈,乐呵呵地看着金灿灿的果实自言自语:"快了,快回来了。"一天中午,邮递员送来一份电报和一张汇款单,是大伯父发来的电报:有任务,探亲取消。爷爷说:"国家任务要紧,军人就是要服从命令!"但我隐约还是能感觉到他那种失落的情绪,那几天爷爷总是闷闷不乐的,时不时坐到枇杷树下吧嗒吧嗒地抽着烟。他摘了一些枇杷送给邻居们,大约还留了五分之一的枇杷让它们挂在树上。眼看着枇杷一颗颗地脱落,爷爷站在树下凝视着枇杷,又凝视一下远方,再凝视一下枇杷,还是舍不得把它摘下来。

一等又是几年,爷爷依旧细心地打理着枇杷树,有时佝偻着背站在树下发呆,有时戴着老花镜看看枇杷的花蕾或果实。一辆军绿色的吉普车驶入了村口,是大伯父回来了!爷爷喜出望外,步履蹒跚着去搬梯子,准备摘枇杷给大伯父。"爸,我去摘。你和大哥进屋喝茶。"四叔赶忙搬着梯子去摘枇杷了。

大伯父搀扶着爷爷进屋,边走边谈,屋檐下的小燕子也叽叽喳喳地来凑热闹。大伯父从行李箱中拿出一块小牌匾,双手递给爷爷:牌匾上赫然写着"光荣军属"四个金色的大字。爷爷欣慰地笑了,连忙说道:"好啊!好啊。"吩咐四叔去准备工具,现在就挂大门上。大伯父搀扶着爷爷走出门外。"爸,你看这位置怎么样?正了没有?"四叔踩着梯子问。爷爷双目炯炯有神地看着牌匾,往前走了两步,仔细看了一番,又退后几步,再仔细看了看。"还要往右边一点,再高两公分。"

牌匾挂好后,爷爷戴着老花镜又看了一遍,连连点头。语重心长地说："有国才有家,男儿志在四方,这是我们家的光荣!"爷爷边说边选了几颗硕大的枇杷放到大伯父的手心。"好吃!咱爸枇杷树打理得好,还是自家的枇杷味道最好。"大伯父赞不绝口。看到儿孙们开心的样子,爷爷布满皱纹的脸上挂满了笑容。爷爷领着大伯父到枇杷树下转了一圈,金色的果实和碧绿的树叶交相辉映,为这热闹的院落增添了几许温馨。"沈阳的气候适合种枇杷吗?你要不带几棵幼苗或种子过去试一下?你们一家子都在沈阳了,以后要吃到家乡的枇杷就更难了。"

爷爷常说,这枇杷树就不能种在老树旁边,长不大,更长不好,就得让鸟儿叼着枇杷籽飞到远方,在一片新的天地里才能枝繁叶茂、开花结果。露往霜来,枇杷树一年一年的还在长高,似乎要把爷爷的守望注入苍穹。岁月的风尘飘落在枇杷树上,也坠入了爷爷的心里。他就这么静静地守望着、打理着。无奈岁月不饶人,未能等到大伯父的下一个四年探亲假,爷爷驾鹤西去了。参加完爷爷的葬礼,大伯父带着三棵枇杷树的幼苗去了沈阳。

现在,院子里的枇杷树由父亲来打理。枇杷熟了,一簇簇诱人的果实紧紧地挨在一起,就像相亲相爱的一家人,彼此牵挂、彼此迁就、彼此温暖。父亲把精挑细选的枇杷快递到沈阳、快递到深圳。有时,他也静静地坐在枇杷树下抽着烟,朝着村口的方向眺望。

"满天风露枇杷熟,归奉慈亲取次尝。"我把枇杷籽撒在了岭南……

人在草木间

慢品春茶

  晨曦微澜,半山腰的茶园云雾缭绕,偶尔能听到露珠穿林打叶的声响,宛如步入世外桃源。惠风和畅,蛰伏的生命被阵阵春风唤醒,鸟鸣和青翠,沸腾着一株株茶的心事。

  历经寒冬的沉默,复苏的消息在深山老林中回荡,一个个生命在山谷中不断酝酿。嫩绿的云雾茶在春风的催促下抽芽而出,浮翠流丹,高挑的几株新绿伫立枝头笑迎着有缘人。

  初春的茶叶细而嫩,满目的苍翠,沁人心脾。卷芽、嫩芽,一叶一芽在细诉着萌动的诗情。一双双伶俐的手,飞快地划过茶树之巅,把一片片新叶和喜悦收入竹篓,周而复始。满篓的茶青,是对采摘者辛勤劳作的馈赠。

  要制作出新鲜的绿茶,就得跟时间赛跑。把采摘回来的新叶倒入铁锅中翻炒,再反复揉搓,须晾晒半日,最后用米糠烟熏三至五天,让茶叶在人间烟火中慢慢升华。当卷起的茶叶泛起灰白色的毛尖,即已修成正果。一股清新的茶香扑鼻而来,诱惑着蠢蠢欲动的味蕾，岂不美哉？

茶为雅物，亦是俗物。烫一壶山泉水，取一勺新制的春茶。茶与水的融合，润泽了眉宇，氤氲着淡淡的茶香，漂浮的茶叶在慢慢地沉淀。手捧茶盏，温润如玉，仿佛置身于春和景明的时光里，宠辱偕忘。轻抿一口茶汤，淡雅回甘，瞬间在心中划开一道温柔的涟漪。

一杯春茶在时光中反复研磨，正如这人生，从鲜衣怒马到浮沉坦然，注入了"慢"的灵魂。当汤色一点点淡去，铅华也一点点被洗涤，在起起伏伏中品读茶的韵味和格调。

在人潮汹涌的都市前行，觅些许静谧的时光，放慢脚步，放慢生活。品一杯春茶，品味自然之美，品味勤劳之美，品味沉淀之美，品味孤独之美，让梦想与追求在最初的地方春耕夏耘，秋收冬藏。

壶中乡愁

独坐茶台，汲泉煮茗。思绪随着袅袅升起的水蒸气飘向家乡那片绿油油的茶园，时光如白驹过隙，乡愁总是缱绻心底。

儿时的记忆，犹如一本唯美的诗集，在不经意间就翻开了扉页。每年春季，几场春雨把后山的茶园滋润得青翠欲滴，这也正是采茶的最佳时节。跟着父母徜徉在绿色的茶海，感受茶尖与指尖的律动，把采摘的茶叶卖到制茶厂，用汗水换来几笔零花钱，或许茶花中飞舞的蜜蜂更懂我当时的心情。

家乡的泡茶方式比较简约，在玻璃杯中放入少许茶叶，然后倒入热开水即可。茶叶在杯中翻腾几下，再慢悠悠地舒展开来，茶水渐渐地由淡绿变为浅黄，随之茶香四溢。喝第一口是苦涩的味道，慢慢地回味，舌尖才会泛起一缕清甜。行走在岁月的最深处，每每回忆起家乡的茶叶，心底里总是泛起淡淡的甜。

客居岭南，跟着潮汕的朋友学起了工夫茶。美瓷、佳茗、良辰、好景，清香的铁观音，淡雅的金骏眉，唇齿留香的西湖龙井，历久回甘的凤凰单丛。各有千秋的好，却总不及家乡茶叶的那一缕清甜：童年的印记？父母的恩情？桑梓的眷恋？还有山水的愁绪？千丝万缕的情愫化作一杯家乡的绿茶，让味觉与思绪在时间的荒野里寻找一丝丝慰藉。

岁月的波澜总是不言不语，淡淡的乡愁烹煮在文字深处，壶中的水又一次沸腾了……

禅茶一味

拜会老友，见其办公室挂一字画：禅茶一味。似有几分高深莫测，打趣地问道："悟出几分禅意了？"老友耸肩一笑："哈哈，装饰而已，吃茶去。"说罢，已将大壶、小碗、公道杯次第铺开。

"吃茶去"源于从谂禅师的禅语，大意是禅理是能从喝茶中参悟出来的，茶与禅就合二为一成了"禅茶一味"。茶承禅意，要参透其奥妙，最佳的方式还是在喝茶中去品味、思考、领悟、回望。

茶叶生于青山绿水之间，与清风明月为伴，听松涛鸟鸣，观闲云野鹤，沐雨露之精华，聚天地之灵气。历经杀青、揉捻、发酵、烘焙等，千锤百炼，又如凤凰涅槃般重生，与我们相遇在青山绿水之间。茶与水的重逢，一悲一喜一枯荣，茶叶的一生已蕴藏着千丝万缕的禅意。

"休息一下，喝杯茶。""请上座，拜茶！"夜后邀陪明月，晨前命对朝霞。古往今来，喝茶，既是平常之事，亦是高雅之举。"柴米油盐酱醋茶"是老百姓的人间烟火，"琴棋书画诗酒茶"是文人骚客的心灵寄托。泡壶茗茶，品鉴其色、香、味；体会其涩、甘、醇；领悟其淡、雅、真。浅啜细品，百味升腾，清香与雅致直抵心灵深处。一茶一世界，一味一人生。茶以清心，茶以雅兴，茶以致远，茶以助禅。茶为物，禅为悟，由茶入禅，由禅悟道，禅茶交融，俗与雅都可通禅，芸芸众生，汇而融之。茶由心品，心猿意马，则茶为饮料；气定神闲，则茶为境界。心清，则一切皆明；心悟，则万般皆禅。

大道至简，修行勿取真经，禅茶一味，悟的是一颗平常心。

削砖往事

在我的童年时代，湘北农村拆旧屋、盖新房，十来岁的小男孩都要帮忙打杂：递瓦、削砖。

递瓦是个集体接力的活，一般是在拆旧屋的当天或新房子封顶的时候进行。三个大人蹲在屋顶，把旧屋的瓦片按6—10片叠在一起，两个大人站在木梯上接着往下传递，地面上是大人和小孩组成的四至五人的接力队，最后传递到树底下，由一名有经验的泥水匠负责把瓦片一层层地叠起来。"使把劲啊，快点传啊，拆了旧屋盖新房啊。"大人单手递，小孩双手传，不时地喊几句口号，大家递瓦的速度就加快了。每当感觉速度慢了的时候，大人们又喊几句口号。周而复始，粗犷的方言在乡野里飘荡，树底下已垒起高高低低的瓦片堆。

大人们先把屋顶的横梁和木板拆掉，再拆青砖或红砖的墙体，拆到接近人的身高的时候，三五个大人合力把墙体推倒。一块块的红砖粘着早就已经枯竭的泥浆横七竖八躺在瓦砾的粉尘之中，或丝毫未损，或遍体鳞伤，更有两三块还粘在一起的幸运儿。于颓壁残垣里重生，它们肩负着"我是一块砖，哪里需要哪里搬"的使命。

砖刀、手套、纱布口罩、斗笠或草帽是削砖时的标配工具,大部分时候小木凳是不够的。顺手削六块砖,三块一叠并排摆,这就是削砖时坐的凳子。左手拿红砖,右手持砖刀,把砖体四个面的灰浆(由黄沙、石灰和水泥搅拌而成)削干净,最后在砖体的中心敲一下,"铛"的一声,散落下一些碎渣,这块砖算是尘埃落定,鞋面和裤腿上沾满了白色的粉尘。半天下来,手掌心已冒出大大小小的血泡。想着中午又能喝上汽水,又把一块块红砖的灰浆削干净,掌心的那些疼痛早已抛到九霄云外,只有到晚上洗澡的时候才发现,前几天的血泡已经成茧了。

记得是四叔家盖新房,爷爷安排我和几个堂兄弟去削砖。他特意给我们做了个示范:"你们看看这些砖,四个面、有些是六个面的水泥浆都要削干净。"爷爷把削干净的红砖递给我们轮番看了一遍。"这次你们还要把砖分好类,完好的砖头放一起,用来盖新房子。这些断砖头和半截砖堆到另一棵树下,以后用来盖牛栏或猪圈。"我们纷纷点头。爷爷还安排了一个新任务:把削好的砖头码成堆,完好的砖头十块一排竖着摆,连着摆五排。单数层竖着摆,双数层横着排。"砖头一定要削干净,要不然这砖堆摆不稳就会倒下来的。"我们又纷纷点头。

有几个玩伴一起干活,一切总是那么美好,一起削砖,一起码砖。太阳底下干活,粉尘伴着汗水从脸颊上流下,脖子处都是黑黑的一圈。又渴又热,光喝水是不止渴的。堂弟把嘴凑到我的耳边:"我们家菜地里的香瓜和西瓜都可以吃了,等会儿一起去摘。"堂哥和小堂弟看出了端倪,也凑了过来。我们扔下砖刀,摘下纱布口罩和草帽,一溜烟似的跑到菜地里。"这西瓜太烫了，摘下来抱到那边的山泉水中去泡一下，那味道才好吃。"堂哥提议道。我们搬着西瓜和香瓜来到山泉水井边，把西瓜泡在里面。我一脚踩在岩石边的山沟里，一股清凉之意从脚底向身体传递，舒服极了。"好凉爽啊！"大家纷纷跳到了山沟里，给自己的身体降温。估摸着西瓜冰得差不多了，堂哥砸开西瓜，你一块、我一块地吃着，享受着这份夏日的惬意。

当我再回到削砖现场时，感觉后背一阵阵灼热，困倦，还有这么多砖没削完！随便削一下算了。为了赶时间，我把附着在砖头上的大块水泥浆削掉，小块的就没打理，堂兄弟们都是这样敷衍了事。把没削干净的砖藏在里面，削干净的摆在外面。第二天也是这样。第三天夜幕降临的时候，我们顺利地完成了任务。

"轰隆——轰隆——"乌云密布的天空，大大小小的雨滴砸了下来，紧接着大雨倾盆。又听到轰隆一声——砖堆垮了！大人们戴着斗笠、披着蓑衣赶了过去，砖头伴着雨水还在一块块地倒下。我的世界也下起了大雨。爷爷把我叫了过去，砖头七零八碎地倒在地上，很多都变成半截砖，那粘在砖头的水泥浆任雨水怎么冲刷也无济于事……

几个堂兄弟闻讯也赶了过来。那时候也没什么"细节决定成败"之类的大道理，我们几个战战兢兢地站在那里，等待着下一场狂风暴雨。"你们看看吧！"爷爷叹了一口气，背着手朝着堂屋的方向走去。

四叔示意我们赶紧回家拿砖刀，重新削砖、重新码成堆。经过两天时间的返工，多出了几百块半截砖，一堆堆削好的红砖整整齐齐地摆放在大树底下。爷爷拿起一块红砖端详一番，又放回了原位。晚餐时我们五兄弟碗里各多了一个荷包蛋。

鹤归华表，乡村振兴。如今的拆旧建新都采用推土机、挖掘机、搅拌机等大型机械，诸多墙体也用钢筋混凝土替代了红砖。削砖已然成为一种遥远的回忆，每每回想，总有一丝欢喜浮上心头。

家乡的年味

恰逢腊月，广连高速二期通车，我固执地认为我与家乡的距离更近了。归程，似有一种"马作的卢飞快"的惬意。一路向北，草木鹅黄。北风，抹不平生活的皱褶，举目间，车窗外的万物在年轮里蹉跎。驶入小镇，卖炒货、卖春联、卖烟花鞭炮的吆喝声此起彼伏。腊肉、甜酒、雪枣和糍粑的香味弥漫其间，似乎也闻到了冬天的饱满，浓浓的年味扑面而来……

伏年猪

过了腊八节，伏年猪可是年俗中的重头戏，十里八村的屠夫都是大忙人。民间讲究"七杀八不杀"的准则（逢农历初八、十八和二十八不杀生），父亲得提前几天请好屠夫，再邀请亲朋好友到时过来吃年猪肉。

在杀猪的头一天，都会给猪准备一顿丰盛的"最后的晚餐"。父母的心情总是喜忧参半，喜的是丰收了，忧的是这毕竟是一条鲜活的生命。除了熏制腊肉，猪头要用来敬天地、祭祖先。凌晨4点，母亲就烧好了两铁锅的开水，以备烫猪煺毛和清洁之用。再把院子里打扫得干干净净，张罗好其他的必备物品，等待着屠夫和亲戚朋友上门帮忙。

伏年猪一般都在早晨的五六点钟进行，三个男劳力先到猪圈抓猪：两人分别紧抓着猪的左右耳往前拖，另一人提着猪尾巴往前推，年猪在晨雾里撕心裂肺地号叫着。拉到案板前，屠夫招呼大家搭把手，绳捆四蹄，身锁案板，年猪气喘吁吁地躺在案板上，不再挣扎，静待着一切。

望着满满的几大盆"猪红"，大家都会吉言几句：盆满钵满，红红火火，家旺财旺。围观"吹猪"的人总是会调侃屠夫几句，欢声笑语在晨雾中飘荡。屠夫先把年猪的右后蹄划开一道口子，用铁棍从口子处穿插，游刃有余，贯通全身。最后，屠夫对着猪的右后蹄用力吹气，深呼吸、吹气、换气，旁人用木棍敲打着猪身。不一会儿，年猪膨胀了起来，整个身子圆润了不少。

三五人合力把年猪抬进盛满开水的木盆里。烫猪、刮毛、开膛、理脏、砍肉、剔骨，屠夫有条不紊，亲戚朋友帮忙打下手。左邻右舍纷纷跑来围观、道喜，父母的脸上不时洋溢起甜蜜的笑容，把烫好的"猪红"赠送给邻居们。杀猪饭的这一顿也特别丰盛，起码都是十二道菜，亲朋好友们个个喝得红光满面，尽兴而归。

依稀记得小时候，家里每年要伏两头年猪，自家食用的肉却极少。一头卖的钱给我和妹妹准备学费，另一头售卖一半，换的钱用来购买小猪仔。随着生活水平的提高，大家对于"吃肉"都看得很淡了，但伏年猪的仪式感必须有。或许正是这膘肥体壮的年猪，延绵了乡亲们一年又一年幸福美满的日子。

打糍粑

打糍粑是老家春节的传统习俗，木甑、石臼、木槌和木锤是打糍粑的主要工具。秋收时节，母亲就会准备好糯米，待到年味渐浓时，她就张罗着打糍粑。

择个晴日，母亲便开始筹备：先把木甑放到大水缸里浸泡，确保干木板都吸附足够的水分；同时把糯米泡在清水内。第二天，在土灶上升起柴火，先把铁锅和木甑预热，再将淘洗干净的糯米倒入木甑内，加入适量的水。把整个木甑的糯米全部蒸熟，大约需要4—5小时。

石臼的造型像超大型的"蛋挞"，中间凹下去的部分呈锥形。将蒸熟的糯米饭倒入石臼，瞬间腾起一团白雾，浓浓的糯米香味扑鼻而来，不禁让人垂涎三尺。三五个男劳力，手持木槌，捶、打、捣、捻，配合紧密，动作协调。男劳力们不时地吆喝一声："糍粑越打越黏呢，日子越过越甜呢。嘿呀嘿呀！加把劲呢。"你一锤，我一槌，一气呵成，越捶越黏，越捶越甜，似乎要把年味打进这软糯的米糍里。大约十几分钟，糍粑团的雏形已经显现，如膏似脂，晶莹剔透，散发着淡淡的香甜味。最后，把糍粑团放到案板上搓坨、压扁、调圆，象征着团团圆圆的手工糍粑就做好了。

糍粑的吃法很多，油炸、油煎、水煮、火烤。我最喜欢吃母亲做的油煎糍粑，焦而脆，金黄剔透，散发出诱人的光泽。撒上一层白糖，入口软糯香甜，唇齿留香。糍粑的香味飘满房间，又蔓延到无边无际的年味中，留给我的都是甜蜜温馨的回忆。

祭灶神、贴春联、挂灯笼、舞龙灯、年夜饭、拜新年……这些都是家乡年味中浓墨重彩的一笔。那些红红的灯笼就像一团团火焰，众人拾柴火焰高，温暖了岁月，抚慰着游子的心灵。每当新年钟声敲响的时刻，新的梦想在春天里绽放。

又到茶籽采摘时

湘北方言"九柑十橘采茶籽，收了花生挖红薯"。每年寒露到霜降这段时间，乡亲们的话题和重心都是采摘油茶籽。我们勤工俭学的任务是交5—10斤茶籽到学校。

秋分过后，乡亲们会先去山间开路：把芭茅草、白苏、荆刺、路边菊等杂草全部砍倒，在陡峭的地方再用锄头挖几个台阶，确保上山和挑茶籽经过的时候畅通无阻。在半个月的采摘过程中，大家都从这片没有杂草的地方往返通行，慢慢地形成了一条山间小路。正如鲁迅先生所说："其实地上本没有路，走的人多了，也便成了路。"

晴初霜旦，林寒涧肃。大人们挑着箩筐、背着竹篮、拿着柴刀或"7"字型的竹钩，嘴里哼着《刘海砍樵》的调子走在最前方。我们一群小孩子背着米白色或军绿色的电工包屁颠屁颠地跑在后面。远远望去，墨绿色夹杂着黛青色的茶树上挂满了大大小小的果实。走到茶树底下细看：五彩斑斓，硕果累累，有红皮果、黄皮果、青皮果，大小与荔枝相仿，形状似未成熟的水蜜桃。不少茶籽上还挂着露珠，晶莹剔透，在朝阳的照射下，绽放着夺目的光彩。

　　大家开始采摘了，先站在树底下采摘低矮的。略高的枝丫，就先用竹钩往下拉，拉到合适的高度，再用左手稳住枝丫，右手采摘茶籽。一抓一放之间，电工包也慢慢地有了重量，手掌心留下一层毛茸茸的黑色污垢。长在树顶上的茶籽，只能爬上树梢才能够得着。爬到树上采摘是我们几个小孩最兴奋的时刻，站在树枝上，用手摇晃着树干，模仿大人们划龙舟。或者把蕨类的秆子抽芯，当作"小吸管"，吸一口茶花中的花蜜，很清凉的甜味，爽！边摘茶籽，边说说笑笑。

　　"有一只野兔！是灰色的。"堂弟尖叫一声，我们几个赶紧跳下树，把电工包往地上一扔，急忙去追那只兔子。顺着山上一路往上跑，我们几个跑得上气不接下气，野兔却在树林中消失得无影无踪了。

　　当我们回到原来那棵茶树时，电工包已经空了，大半包的茶籽顺着山坡的斜度全部躲进了草丛里。我想，到草丛里一颗一颗地去找，还不如重新摘快一点，干脆不要了。于是，我们都没有去捡草丛的茶籽，接着爬树摘新茶籽。接近晌午，我们都累得精疲力竭，背着满满的电工包回家了。

　　吃过午饭，爷爷问我们有什么收获，堂弟把上午追兔子的事情讲了一遍。爷爷哈哈大笑说："兔子前腿长，后腿短。它往山上跑你们是追不到的，它往山下就是滚着走，一下就抓到了。"说罢，爷爷忽然想到了什么，问我们："你们不是摘完九棵茶籽树了吗？怎么这么少，这里至少少了三分之一的茶籽，是不是树上没摘完？"堂哥说草丛里还有。爷爷火冒三丈，把我们训斥了一顿："油茶籽是秋季开花，经过春夏秋冬四季，到第二年的秋季才有收成，这是最珍贵的果实。你们这勤工俭学有什么意义？都是浪费！不是只会背'粒粒皆辛苦'，而是要真正做到珍爱粮食……"

我们几个面红耳赤，赶紧背着电工包往山里跑。上午还是寂寥的山谷，现在变得热闹非凡了，大人们在山坡上欢声笑语不断，偶尔在林间飘出悠悠的山歌，使整个山谷都弥漫在丰收的喜悦之中。我们跑到上午的那几棵茶树底下，用手扒开草丛，弯着腰一颗一颗地寻找。脸上和脖子上沾满了黑灰色的粉尘，顺着脸颊流下的汗水在脖子处按下了暂停键，夹杂着粉尘和汗水的脖子又痛又痒。手指被芭茅草割破了皮，手臂上被黑色毛毛虫咬得像苦瓜一样。大约寻找了四五个小时，终于把这些流浪的茶籽找齐了。

看到我们背着茶籽回来，爷爷脸上露出了欣慰的笑容，嘱咐奶奶给我们手上涂抹六神花露水，晚餐每人多煮一个咸鸭蛋。

后来，每年采摘茶籽的时候，我们都认认真真地对待每一颗果实，采摘完第一批，还会抽时间去检查一遍树上是否还有遗留的茶籽，确保粒粒归仓。

橙黄橘绿，秋收冬藏，又到了茶籽采摘的季节。听说家乡的山坡上又唱响了丰收的旋律，我似乎闻到了白色茶花的芬芳，脑海中浮现出一只只小蜜蜂在茶花中飞舞的身影，飞越田野，飞越山岗。

竹林挥汗觅冬笋

"长江绕郭知鱼美，好竹连山觉笋香。"四季更迭，无论何时探访湖湘大地，不经意就能邂逅一片绿油油的竹海。湘北盛产楠竹，有竹必有笋，冬笋、春笋、毛竹小笋等，种类繁多，唯冬笋之美味堪称一绝，美其名曰"玉兰片"。

笋之食用，源远流长。《诗经》里有"其蔌维何？维笋及蒲"的记载，由此可见，竹笋作为蔬菜端上餐桌的历史悠久。黄庭坚还写出《食笋十韵》："洛下斑竹笋，花时压鲑菜。"称赞竹笋的鲜美不输鲑鱼的滋味。陆游曾在江西品尝过"猫头笋"，十足的美味，让陆游赞不绝口，写下了"色如玉版猫头笋，味抵驼峰牛尾狸"的名句。更有文豪兼美食家的苏轼写道："无竹令人俗，无肉使人瘦，不俗又不瘦，竹笋焖猪肉。"每每餐前氤氲着羊肉煮冬笋的香气，回想起中华先贤的诗句，穿越千年，古人们品尝冬笋、吟诗作对的情景似乎就在眼前。

古今多少事，都是看者易做者难，挖冬笋亦不例外。每年立冬过后到立春之前，都是挖冬笋的黄金时段。只要准备一把好使的锄头就能开工，若不懂行，寻寻觅觅挖一个上午，空手而归也是常有之事。

记得童年时代，我和几个表哥跟着舅舅去挖冬笋。我来到了竹林深处，东挖挖、西找找，啥也没挖到。好不容易找到一处隆起的裂缝，几锄下去，结果只是毛竹鞭。又发现一处隆起的裂缝，挖出来的是"绿尖角"（一种很小的冬笋，基本无笋肉）。一次次的满怀欣喜，一次次的垂头丧气，几个小时过去了，手掌心都磨起了几个血泡，连一个像样的冬笋都没挖到。

舅舅走过来，指着不远处的几根楠竹，对我们说："挖冬笋，要先识竹，再选地，最后开挖。你们看这一片竹林，那几根竹子是比较粗壮的，枝繁叶茂，竹叶浓稠翠绿，你们去那几根竹子的周围挖，至少可以挖十几个。"我们几个半信半疑地跑了过去，我先找到一根暴露在外的绿色竹鞭，顺着竹鞭的伸展方向挖，明显感觉土质比较疏松，一锄、两锄、三锄……再下一锄的时候，感觉到土里有东西咯噔了一下，一个浅黄色笋尖露出了笑脸。"舅舅，我挖到了一个冬笋了！"舅舅走过来说："别急，你不要挨着竹笋挖，先间隔十几公分，把周围的土挖掉，再慢慢地向中心靠拢，不要把笋壳或笋肉挖烂，也不要把竹鞭上的小笋芽挖坏了。"我按照他说的方法，挥舞着锄头，土里又被什么东西咯噔了一下，原来侧面又有一个冬笋，好事成双啊。舅舅说："你耐心地挖，顺着这根竹鞭挖过去，估计还会有。"果不其然，顺藤摸瓜式地寻过去，大大小小挖到了五个冬笋。

时隔多年，就靠儿童时期掌握的挖笋技巧，后来我出去挖冬笋基本都能满载而归。冬笋以鲜美、脆嫩、清香而著称，要品尝美味，挖到冬笋只是第一步。

冬笋不宜存放太久，刚出土，当天食用味道最鲜美。下羊肉火锅要切薄片,在翻滚的火锅汤中下笋片,伴着羊肉汤能吃出清新的甜味;炒腊肉就要切厚片,和榨出的腊肉油一起翻炒,最后放入大蒜叶,满屋子都是冬笋和腊肉的香味,吃上一片,爽脆可口。一家人围坐在餐桌前,吃着火锅,家长里短地聊着,幸福的味道弥漫着整个屋子。

辑四

至美清欢

擂茶，舌尖上的乡愁

夕阳的余晖透过写字楼的玻璃，又折射到对面的幕墙上，空气中的光晕像极了家乡黄昏的色调，难免泛起淡淡的乡愁。余光中的乡愁是一枚小小的邮票；席慕蓉的乡愁是一棵没有年轮的树，永不老去；而我的乡愁是老家的擂茶，山河远阔，流淌于血脉里的乡愁永远无法淡去。

擂茶盛行于湘北和湘西一带，知名度不高，历史却很悠久。宋代路德章有诗云："道旁草屋两三家，见客擂麻旋点茶。"当代作家汪曾祺游览桃花源时，曾写下："红桃曾照秦时月，黄菊重开陶令花。大乱十年成一梦，与君安坐吃擂茶。"制作擂茶的工具有擂钵、擂槌（用茶籽木树干做成，直径45—60厘米，高度1.8—2.2米）、竹瓢。主要原料有：茶叶、芝麻、花生、炒米、白糖、食用盐等。

在桃江和安化一带，家家户户都会擂擂茶。先将擂钵洗干净，放入茶叶。左手把持擂钵，右手用擂槌把茶叶碾碎。接着放入花生，把一颗颗的花生米碾碎，擂槌顺着擂钵的弧度旋转，把碾碎的花生磨成细粉，再倒入芝麻，放入少许凉开水，一起碾压旋转。擂钵中的茶色已变成乳白色，不时泛起白色的小浪花，空气中飘起一股淡淡的花生和着芝麻的香味，最后加入白糖，一起擂。大约15分钟，一道美味的擂茶就诞生了。用竹瓢把擂茶原浆放入瓷碗中，再放入花生米、黄豆和炒米（色泽和佐料有点像烧仙草），最后加入少许白开水。一碗热气腾腾的擂茶，表面漂浮着一层金黄的炒米，空气氤氲着花生和黄豆的香味。喝上一口，香甜可口，唇齿留香，舌尖与美食的碰撞，味蕾已是"心花怒放"，再咀嚼花生和黄豆发出吱吱的声音，旁观者无不垂涎三尺。

记得小时候，每当人们干完农活，或者小孩放学回家，第一件事就是喝一碗擂茶。解渴、消暑还能暂时填饱肚子。邻里之间走亲访友，大家都会盛上满满的一碗擂茶。边喝擂茶，边家长里短地聊上一番。常言道："在家不会迎宾客，出外方知少主人。"每年都会有一些从市里或县城派来的电力工人和挖掘机师傅在我们村那一带工作，每到晌午时分，父母会嘱咐我们去请那些工人师傅过来喝擂茶。今天这家请，明天那家请。"师傅，请进来呷碗擂茶。"虽然素不相识，但朴实的乡亲们都会尽地主之谊，一碗擂茶也传递着乡亲们的热情好客。也就在那时，我们一群小孩子第一次吃上了动物饼干，是一位电工叔叔从县城带过来送给我们的。

来到深圳，我们很难喝到地地道道的擂茶了，总是怀念那美好的味道。每次回老家，只要车子过了长沙段，就会迫不及待地打电话给父母，问家里是否有擂茶喝。母亲说："已经给你们准备好了，原味的，白糖味的，黑芝麻的，各准备了一擂钵。"挂了电话，不禁眼眶中噙满泪水，却不想让它滴下。

现在，孩子们也喜欢喝擂茶。父母给我们准备了两套擂擂茶的工具，委托卧铺车司机带到了深圳。偶尔我也会擂擂茶，相同的原料，相同的手艺，香味依然，色泽依然，但喝起来总觉得少了些什么，一方水土养育一方人，一方人眷恋一方水土，这是说不清道不明的味道。

乡音不改，乡愁难忘。在深圳喝擂茶，反而更想家……

童年的老月饼

收到父母从湖南老家快递过来的老月饼，我迫不及待地打开快递盒。拆开薄薄的油纸，闻到了久违的月饼香味。咬一口儿时的老月饼，洒落一地的回忆。

"八月十五月儿圆呀，爷爷为我打月饼呀，月饼圆圆甜又香呀，一片月饼一片情呀……"在儿时的记忆长河中，这首儿歌和老月饼一起陪伴着我成长。

爷爷在县城的法饼（湘式糕点中唯一发酵的产品）厂烧锅炉，他并不会做月饼，但他见到过工人师傅做月饼的情景。"这做月饼啊，要准备灰面（面粉）、冰糖、花生仁、橘子皮、白砂糖、红绿果酱等等。一位工人把灰面和好，另一位工人把花生仁、冰糖、橘子皮等馅料搅拌均匀，然后像写'一'字一样挤上一些红绿色的果酱。"看着我们竖起耳朵在听，爷爷继续讲道，"把馅料包在和好的灰面内，再压到印子（木制的模具，内托似月饼形状）里，轻轻地拍几下，然后倒出来就是一个印有花纹和'月饼'两个字的老月饼了。最后放在烤箱里面烤。哎呀！在烤月饼的时候，整个房间都弥漫着月饼的香味啊，隔老远就能闻到。"我们几个小孩听得津津有味,时不时地咽下口水。"等烤好的月饼出炉,把四个月饼码在一起,用油纸卷成一个筒,再把两端封口,一斤老月饼就正式做好了。"

自从听了爷爷讲做老月饼的情景,我总是期待着中秋节的到来。那时候和现在不同,现在是端午没过多久,超市、媒体都是铺天盖地的月饼广告,刚到农历七月各类月饼就陆续上架了。那时候只有到中秋节的前几天,才会在百货商店或小卖部出现月饼的身影。

临近中秋节,爷爷背着米白色的电工包回家。看着鼓鼓的电工包,我和堂哥猜想包里装的是月饼,听到奶奶打开木柜发出"吱呀吱呀"的声音,我们更确定了这一猜想:肯定是把月饼藏在那个朱红色的木柜子里。趁着爷爷奶奶去菜园子里干农活的时间,我们搭好板凳,堂哥站在板凳上,踮起脚尖,在柜子里寻找"宝贝"。他眼睛一亮,尖叫一声:"有三筒月饼!"他双手小心翼翼地把月饼搬下来。"是四个封装在一起的,一旦拆开就会被发现的……月饼象征着团圆,等过节的时候一家人一起吃更美味。就等三天时间,咱们先闻闻香味就好了。"我们几个遗憾地对望一眼,闭上眼睛,深吸一口气,每个人都捧着月饼闻了又闻,满满的仪式感。又悄悄地把月饼放回了原位,行了"注目礼",恋恋不舍地关上了柜门。

中秋节到了,晚饭过后,一家人在院子里赏月。奶奶准备了红枣、葡萄、炒花生和红薯片,最后端出了月饼。拆开油纸的瞬间,芳香四溢。切开月饼,看到里面晶莹剔透的冰糖和红绿色的果酱丝,垂涎欲滴。婶婶先递了一块给爷爷,爷爷摆摆手说:"我老了,这牙齿也咬不动,留着给小孩子吃吧。"我们排着队准备领取美食，右手拿着一块月饼，左手托在下巴的下方，生怕洒落一片薄皮或馅儿。轻轻地咬一口，香脆酥软，回味无穷。

　　或许是物以稀为贵的缘由，或许是老月饼承载着我们太多温馨的记忆，更或是月是故乡明的情怀吧！后来我吃到过莲蓉蛋黄、榴莲冰皮、豆沙果脯等风味各异的月饼，各种经典美味的搭配，各类精美别致的造型，但我最喜欢的还是老月饼的味道。

　　独倚窗沿，儿时的回忆总是那么美好！遥望浩瀚星空，但愿人长久，千里共婵娟。

卜辣椒

湖南人喜辣,只要餐桌上有辣椒,那些诱人的色泽和气味,就足以挑逗你的味蕾,令人垂涎欲滴。每逢夏季,父老乡亲们就会把吃不完的新鲜辣椒制作成辣椒制品:剁辣椒、干辣椒皮、泡椒、卜辣椒(方言,白辣椒)。母亲常说卜辣椒最难做,选材、制作、天气都很关键。

选个天晴的早上,母亲戴着斗笠,挑两个大竹篮,就去菜园采摘辣椒。在浓绿的树叶底下,挂满了形状各异的辣椒,有红色的朝天椒、橙黄色的螺丝椒、浅绿色的灯笼椒、墨绿色的青椒。"做卜辣椒就要采摘这种墨绿色的青椒做原材料。浅绿色或红色的都不行,开水一烫就剩下一层皮了。"母亲振振有词地说道。旁边的菜园里邻居们也在埋头苦干,大家都惊呼今年的辣椒高产,不一会我们就采摘了满满的两大篮。

我们把辣椒采摘回来,正好父亲已经把一大锅水(约85升)烧开。把采摘回来的辣椒倒进大盆里,随着开水的倒入,房间的空气中氤氲着清新的辣椒味,但不呛人。再盖上盖子,焖三五分钟。"这辣椒一定要先烫再洗,一是能保持辣椒的干净,二是洗的时候可以给辣椒降温，这样做出来的卜辣椒口感更脆。"母亲边说边把洗干净的辣椒放到竹篮中，然后搬到竹垫边上，一个个地平铺开来。

6月骄阳似火，被晾晒的辣椒懒洋洋地躺在竹垫上，再给它们盖上一层薄薄的被子（透明的薄膜），不出五个小时，辣椒的颜色渐渐地变成浅黄色。为了晾晒均匀，要把辣椒"翻身"几次，确保辣椒的成色一致。傍晚时分，我们准备去收辣椒，母亲赶忙说："不要收，揭开那些薄膜就可以了。被露水滋润过的辣椒才会变成奶白色，那才是名副其实的白辣椒。"卜辣椒经过自然的日晒、风吹、夜露，口感才是最好的，这是多年总结出来的经验。

第二天早上，神奇的一幕出现了：昨天还是浅黄色的辣椒，现在全部变为奶白色了。有些辣椒身上还淌着小小的露珠，像个微微冒汗的婴儿，又白又嫩。过了中午，先把辣椒蒂去掉，再把辣椒剪开。继续晾晒两天，这时的辣椒从内到外都是奶白色了，撒上几把盐，再放入陶制的坛子里密封，最后在坛沿里加满水，确保完全密封。

经过两周的"闭关修炼"，揭开坛子盖，一股卜辣椒的香味飘来，不禁垂涎三尺。准备几两五花肉，单独切几片肥肉出来炸油。把切好的肥肉和五花肉依次倒入锅中，用炸出来的油炒卜辣椒，再加少许红辣椒圈和大蒜叶，连续翻炒几次即可起锅。一碗色香味俱全的卜辣椒炒肉呈现于眼前，夹几片卜辣椒放入口中，酸、辣、脆、爽！"早些年没东西吃，用菜籽油炒一碗纯卜辣椒就是一道好菜，后来慢慢的生活条件好了，才有了卜辣椒炒肉。"母亲边说边把菜端上了餐桌。依稀记得小时候，母亲只喜欢吃卜辣椒，"不喜欢"吃肉，每次都把肉都留给我和妹妹吃。现在生活水平提高了，但母亲依旧不允许我们铺张浪费。她时常谆谆告诫："但将有日思无日，莫把无时当有时。你们看到的每一个简单的事物，别人都是费了很多力气、花了很多心思去做的。"

　　卜辣椒看似一道平常的菜，却凝聚着万千艰辛，更蕴藏着浓浓的爱！

初冬菜薹香

沐浴在冬日暖阳中，慢赏晴花，细品风月。路过菜市场的蔬菜档口，几缕斜阳洋洋洒洒地铺到了一堆红菜薹上，看到它们灿烂的"笑脸"，我也笑了。拙荆特意选了两把，准备做一道清炒红菜薹。

提及红菜薹，我还真闹过一段难忘的笑话。从上六年级开始，田间或菜地农忙的时候，我都要去帮忙打杂。父母挖土、种地、施肥，我就帮手撒种子、盖地膜。油菜种子、白菜种子、红菜薹种子、上海青种子都是棕褐色的小颗粒，大小、形状、色泽几乎是一样的。有一次我帮手撒油菜种子，撒完了一罐，种子不够了，我跑回家去拿了一罐种子，继续撒满最后的一块地。

过了几个星期，一大片嫩绿的油菜苗中长出了零零散散的红褐色幼苗，真是万绿丛中一点红，才知道我把红菜薹种子当油菜种子撒土里了。父母也没有过多责怪，叫我一起去帮忙"移苗"。为了确保幼苗存活下来，只能连苗带土一起移植到另一块空地里，两天下来，累得腰酸背痛。

移苗后，我隔三岔五还特意跑去菜地里看望一下它们，担心它们无法存活。结果是我多虑了，在冬日的晨霜暮风里它们茁壮成长，似有傲雪寒梅的铁骨和气节。每次探望，都带给我不一样的惊喜。突然发现菜地中央有几棵红菜薹已从菜心中冒了出来，在红色菜叶的裹挟之下，有的伸出了小脑袋；有的已长出寸把长；还有的已经滑嫩饱满，枝头顶着浅黄色的小花。一阵微风掠过，几株紫红色的菜秆随风舞动，仿佛人群中的红衣少女，花枝招展又欲语还羞，洋溢着令人心动的情调。

迎着凛冽的寒风，它们越发奋力地生长。不知不觉很多红菜薹都已到可以采摘的时候了。淡黄色的小花、浅紫色的菜叶、丰腴的菜茎，"啪"的一声被折断了，一株株水嫩鲜美的红菜薹躺在了菜篮中。那些被折断的青春，在风霜雨雪的洗礼中，又一茬一茬地长出了新芽。

把摘回的红菜薹掐去老叶，撕掉一层青绿色的皮，再折断成寸把长的样子，用清水洗净，放入竹篮沥干菜叶和菜梗上的水滴。在热锅内放入猪油，待油热时倒入红菜薹，翻炒几次，再放入盐，保持着大火，继续翻炒。锅内不时发出"滋滋"的声响，厨房里氤氲着红菜薹的香味，中火翻炒片刻，即可起锅。古人云"鳊鱼肥美菜薹香"，足见菜薹的香味绝非虚夸。用筷子夹上一根，红绿相间的菜梗上泛着晶莹剔透的容光，送入嘴中，清淡脆香，鲜嫩甘美。嚼上几口，嘎嘣直响，脆脆的，甜甜的，特别下饭。最后剩下的些许菜汤，再盛上半碗米饭，把紫色的菜汤洒到白花花的米饭上，色、香、味俱全，又想狼吞虎咽一番。

小时候我吃的红菜薹都是清炒，只放了油和盐。韶华如驶，随着生活水平的提高，腊肉炒红菜薹、鲮鱼干炒红菜薹、虾仁炒红菜薹等，五花八门，味道各有千秋，我觉得它们的灵魂还是红菜薹，它的"素"和"雅"更应该被温柔以待。

　　冬日菜薹香，厨房里鲜活了岁月，温澜潮生。

紫苏鲫鱼汤

在依山傍水的农家村落，捉泥鳅、捕虾、钓鱼是我们儿时周末生活的主旋律。但要让鲫鱼从河里到锅里，再变成一碗鲜美的紫苏鲫鱼汤，绝非易事。

晨晓时分，我们准备好自制的钓鱼竿、鱼饵，欢呼雀跃地跑到小河边。先各自占领一块阵地，再撒下几把"酒拌糠"做诱饵打窝，最后下鱼钩。夏季的杂草茂盛，大家坐在草丛里的情景与胡令能笔下的"侧坐莓苔草映身"和"怕得鱼惊不应人"相得益彰。微风阵阵，水光潋滟的河面上浮漂在微微颤抖，但那只是假象，并没有鱼儿咬钩。

太阳越爬越高，天气也更加炎热，额头上开始冒汗，却还不见鱼儿上钩。突然浮漂动了一下，"嗖"的一声，甩竿，一无所获，钩上的鱼饵已被吃个精光。加饵再下钩，又是一阵风平浪静。"一条大草鱼，大约有六七斤，快来帮忙！"对面河岸的垂钓者大声喊道。几个人跑过去一起拉竿网鱼。"嗖"，旁边的小伙伴又钓起了一条黄骨鱼。望着面前纹丝不动的浮漂，我心急如焚。

已近晌午，太阳肆无忌惮地烤着大地。大家纷纷跑到荷塘边摘几片荷叶，顶在头上当草帽。又热又渴，我正准备去大梧桐树下乘凉，刚走出十来步。"你的浮漂刚刚动了一下，再咬两下就可以起钩了。"我惊喜若狂地往回跑，甩竿，又是空喜一场。旁边的叔叔继续说道："你太浮躁了，多点耐心！看这咬钩的特点很有可能是鲫鱼，要是运气好能钓到一窝，起码有十几条。"我深吸了一口气，目不转睛地盯着浮漂：开始在移动了，一下、两下、三下。甩竿的瞬间感觉到鱼钩很沉，一条半斤左右的鲫鱼"飞"到了跟前，看来今天的鲫鱼汤有希望了。果然是"近水知鱼性，近山识鸟音"，估摸着是一窝鲫鱼游到了这片水域。不到半个小时，我就连续钓起了几条鲫鱼。

提着刚钓的鲫鱼跑回家，我负责剖鱼，母亲准备沙姜、紫苏、辣椒、四季葱等做鲫鱼汤的佐料。母亲边添柴生火，边说道："锅要热、油要开，两面煎黄翻边来。先姜葱，后紫苏，小火慢炖汤泛白。"锅里的菜籽油已经烧开了，把鲫鱼放进油锅中，油和鱼的亲密接触发出"滋滋滋"的声音，待两面都煎成了浅黄色，再放入水、辣椒和沙姜片，盖上锅盖开始炖。母亲把灶头内的柴火减少了一些，再三叮嘱："火太大了，煮出来的就是清汤，和白开水没什么区别。要小火慢炖，才能把鲫鱼鲜美的味道引出来，这样的汤比较黏稠，颜色很接近纯牛奶的颜色。"炖了十几分钟，揭开锅盖，倒入紫苏，翻滚几下，再利用炭火的余热慢炖两三分钟。那满屋子紫苏鱼汤的香味把肚子怂恿得咕咕直叫，抿一口鲫鱼汤，鲜美无比，唇齿之间留下紫苏的芳香，回味无穷。

耐心地钓，慢慢地炖，细细地品。一碗可口的紫苏鲫鱼汤承载着美味，亦诠释着哲理。

品一口"春天"的味道

雨水过后,桃蹊柳陌,旧故里草木深,每天都有味蕾上的惊喜。漫山遍野的蕨菜、蒿子、水芹、地米菜、香椿在春风里疯长,又到了吃蒿子粑粑的时节,莫名地有些嘴馋。

湘北农谚:"二月茵陈三月蒿,到了四月当柴烧。"阳春三月是采摘蒿子的黄金时间,墨绿、翠绿、浅绿的香蒿在风波里荡漾,茂密的清香之上,是春日里湛蓝的天空。老幼妇孺提着竹篮,在田埂上、在马路旁、在小河边寻觅。老人们都会采摘一片香蒿给小孩子做样本:"你们要看清楚了再采摘,叶子尖的、低矮的这种才是香蒿。那种宽叶子又很高的是艾叶,气味很重还有点呛人,做出来的粑粑味道是苦的。"孩童们参照香蒿叶的样板,在原野上找寻、奔跑、嬉戏。左手轻轻地划开一丛丛蒿叶,露出纤细的茎;右手把最嫩的一截的蒿子折断,一把把鲜嫩的蒿子坠入竹篮中,一茬茬枝干迅速弹起,在春光里摇曳,在微风的柔抚下又开始了下一轮的孕育。空气中弥漫着蒿子特有的清香,沁人心脾,提神醒脑。

把采摘回来的香蒿洗净,用滚烫的开水焯一次,放入凉水中再浸泡两三个小时，待蒿子的苦味基本消除了，最后捞出沥干。把剁碎的香蒿、糯米粉、粳米粉、白糖按照一定的比例倒入木盆，接着倒入热开水。用力反复揉捻面团，似乎要把蒿子的野性驯化，让它融入这圆润光滑的面团里。把整个面团揉捻到软糯相宜，再做好芝麻白糖和花生红糖的馅料，正式开启了蒿子粑粑的制作。先让手掌心沾上一层水，取一小块面团，在面团的中间放一小勺馅料，揉捻、搓圆、压扁，一个光滑亮丽的蒿子粑粑就成型了。摆放在粽叶上，每片粽叶上都摆放三五个，再放入大的蒸笼，似有百舸争流的气势。

当土灶的炊烟升起，蒿子伴着糯米粉的香味溢出了蒸笼，闭目，深呼吸，轻揽一缕清香入怀。经过十几分钟的"修炼"，热气腾腾的蒿子粑粑就可以出锅了。蒿香扑鼻而来，粑粑的色泽翠绿饱满，轻咬一口，香柔糯软，甜而不腻，唇齿间留下阳光、雨露、微风和爱的味道，似乎把春天吃进了心里。

记得小时候，母亲做蒿子粑粑时，我也学着做，做出来的大部分都是四不像。母亲说："以前做蒿子粑粑，大部分是蒿子，不要说馅料了，连糯米粉的含量都少得可怜，只能在热锅里煎熟，要是蒸就全散了。现在你们是当零食吃了，早些年吃几个蒿子粑粑就顶一顿饭。"我好奇地问道："那是不是很快就饿了？是不是很苦？"母亲莞尔一笑："饿了就喝水呗，现在总算是苦尽甘来。"母亲所提到的那些艰苦岁月，我是无法彻彻底底地去悟透的。母亲用勤劳的双手，制作出一道道淳朴而又香甜的人间美味，温暖着我的童年。我想，在物资匮乏的年代，或许正是祖辈们用那份炽热的情怀和坚强的意志，支撑着顶天立地的宿命。"民以食为天"，一道简单的蒿子粑粑，在勤劳的双手中传承了几千年。时光煮雨，又把蒿子粑粑升华为一种文化和寄托，足见这道美食在神州大地的举足轻重。

蒙蒙细雨在空中飞舞，泛起一片朦胧，湿润的空气里满是春天的味道。踏春、赏春、食春，春天的美食和美景一样治愈人心，温暖岁月。

一川烟草，蚕豆飘香

初夏的风卷起蚕豆的清香在乡野里飘荡。

"蚕豆青，蚕豆黄。青的嫩，老的黄，由青转黄太匆忙……"小时候囫囵吞枣似的跟着大人们念着。新鲜蚕豆是美味菜肴，兰花豆更是童年零食的"奢侈品"，把对蚕豆的嘴馋化作一句句顺口溜，在春风里痴痴地盼。

霜降前夕，就可以种植蚕豆了。父亲把挖完红薯的菜地又翻耕了几次，趁着晴日把翻松的泥土晒几天，再用锄头挖出锥形的土窝。在土窝里撒下三至五颗蚕豆种子，丢下一把农家肥，用土覆盖。在黑暗的土地里埋下希望的种子，憧憬着美好的未来，迎来一个又一个的黎明。

桃红柳绿，蚕豆苗也开花了。在这百花争艳的季节里，很少有人去欣赏蚕豆花，它在春风里不卑不亢地绽放。或许是因为它的宿命是果的缘故吧！即便无人问津，依旧优雅地开出属于自己的芳华。在茎和叶的枝丫间疯长，紫褐色的花朵缀满枝头，风吹叶浪，绿涛翻滚，远远望去像一群蝴蝶在豆苗中翩翩起舞。走近细观，乳白色的花冠，花片中泛着紫色的脉络，四周黑色的斑晕，深邃、淡雅、静美。叶片上的几滴雨露滑下，不偏不倚地砸在花冠上，蚕豆花不悲不喜，傲然而立，宛若艳如桃李、冷若冰霜的仙子。

当花瓣离开花朵，花蒂托起一个个豆荚，在晨风夜露中饱满。

清浅宜人的初夏，蚕豆便鼓起了"大肚子"，貌似可以临盆了。望着菜地里、原野上、田间一垄垄青翠欲滴的蚕豆，鼓鼓囊囊，甚是招人喜欢。村里的老人们乐呵呵地说："立夏立夏，蚕豆过夜（发yá的音）。今年又有口福了。"每到这时，我便跟着父母去采摘蚕豆。翠绿色的豆叶丛中结满了沉甸甸的豆荚，给人一种踏实的感觉。摘下一个蚕豆荚，剖掉外壳，四五颗胖嘟嘟的蚕豆睡在里面，秀色可餐，馋得我口水直流。乡亲们都在自家的菜地或田垄上采摘，丰收的喜悦让大家把辛劳抛到了九霄云外，不时地传出欢声笑语一串。

剥蚕豆是集体活，大人们围坐在一起，把剥好的蚕豆放入木盆中，你一颗，我一把，上演着"大珠小珠落玉盘"的一幕。小伙伴们一边嬉闹一边剥，把剥开的豆荚套在手指上，假装自己是东北虎、过江龙或武林大侠，你追我赶，张牙舞爪一番。在那个物质匮乏、没有玩具的童年，这些豆荚给我们带来了无穷无尽的欢乐。

将去皮的豆瓣清洗一遍，母亲准备做酸菜炖蚕豆了。在烧红的铁锅里倒入菜籽油，随着"噗呲"的声响，豆瓣倒入了油锅，翻炒几下就有阵阵清香飘起。倒入水，盖上锅盖焖几分钟，又翻炒一遍，再倒入酸菜一起炖。蚕豆伴着酸菜的香味氤氲在土灶上方，慢慢地在厨房里蔓延，微风吹过，香气四处乱窜，我迫不及待地跑到土灶旁。母亲揭开锅盖，香气的攻势更猛了，饿得我肚子咕咕直叫。母亲盛了半碗递给我："别烫到，慢点吃。"吹几口热气，吃一口蚕豆，既清香又酸爽、脆生生，瞬间口齿生津。再喝一口汤，爽！回味无穷，特别下饭，把我的肚子也撑得像蚕豆似的，鼓鼓囊囊。

鲜嫩的蚕豆不能存放太久，母亲把一部分蚕豆直接用盐水煮熟，分给我们几个小伙伴当零食吃。一部分做成豆瓣酱，吃面条的时候加上一小勺，香味倍增。一部分晒干做成兰花豆，炒熟的蚕豆，撒上几把盐，冷却后入袋，再存放到密封的瓦罐里。家里来客人了，或者我得奖状了，母亲才会把兰花豆拿出来。在青黄不接的年代里，一颗颗普通的蚕豆，在母亲的巧手里已然变成了人间美味，丰富着我家的餐桌，也温暖了我们的岁月。

一川烟草，蚕豆飘香。当月光把城市的夜空点亮，捧一把兰花豆，温一壶佳酿，贪婪地望着如水的月光，流向虫鸣蛙叫的乡野，流向晚风微拂的村庄……

年味中的甜酒酿

日月其迈，时岁盛新。转眼又到腊月，伏年猪、打糍粑、酿甜酒、熏腊肉、挂灯笼，浓浓的年味铺天盖地地弥漫开来，笼罩在都市和乡村的上空。甜酒的美味一直在岁月的长河中流淌，从远古流向了现代，与年味的许多美好回忆重叠在一起。

俗话说："大人盼插田，小孩盼过年。"在童年的记忆里，酿造甜酒一直是我们最美的期待。过了大寒，父母便开始筹备酿造甜酒：先把木甑放到大水缸里浸泡，确保干木板都吸附足够的水分；同时把糯米泡在清水内。第二天，在土灶上升起柴火，先把铁锅和木甑预热，再将淘洗干净的糯米倒入木甑内，加入适量的水。把整个木甑的糯米全部蒸熟，大约需要4—5小时，我和妹妹不时地跑到土灶旁去看看，"妈妈，什么时候才能蒸好，我想吃糯米饭了。"刚开始只是热气腾腾，过了个把小时，厨房里飘来了糯米的清香味，母亲用筷子在米饭上戳了几个洞，确保所有的米粒受热均匀。又过三个小时，整个厨房白雾蒙蒙，氤氲在糯米饭的香味中，依稀可见父母的脸上挂满了笑容，母亲用饭勺沿着木甑的边缘铲起了一小勺糯米饭，吹了吹米饭上的热气，送到了妹妹的嘴里。"好吃吗？"妹妹甜甜的笑容已经挂在了脸上。

确定糯米饭全部熟透了，母亲给我和妹妹各盛了一大碗。我们开始好好地享受美食，父母则开启了酿造甜酒的后面几道工序：先将盛满糯米饭的木甑放到大木盆内，再浇上几勺凉水，确保所有的糯米饭变成单独的颗粒。吃完了糯米饭，我们又走过去围观，父亲笑呵呵地说："你们是不是把糯米饭留到明天吃啊？"我们不知所云，顺手摸了摸嘴角才知道，我们两个的脸上都粘了糯米饭，赶紧捏起嘴角边的饭粒，送入口中，感觉最后的几颗饭粒特别香甜。

约莫等上半个小时，母亲把糯米饭全部倒出来，将甜酒药（酒曲）均匀地撒在糯米饭上，再搅拌几次。等到糯米饭基本冷却，在木甑内铺上一层白色的纱布，把搅拌均匀的糯米饭一勺一勺地装入木甑压严实，盖上木甑盖。在木甑周围围上几层厚厚的干稻草，再用一个大木桶将木甑罩住，最后在土灶加入一点点炭火，有温度即可。母亲反复强调："土灶内千万不能有明火，一点星星炭火就行，要不时地加火不加温，在恒温的环境下酿上三天三夜，甜酒就完全酿好了。"

期待总是美好的，我和妹妹每天跑到土灶上围观几次，终于发现木甑底部的边缘已经有乳白色的酒酿渗透出来了。父亲拿来筷子，用筷子的一头蘸了一点酒酿，我用舌头舔了一下筷子，好甜啊！父亲说："还要等一天才能开甑。"我和妹妹隔三岔五就自己拿着筷子去蘸酒酿，厨房的老木门不时地发出"吱呀吱呀"的声响，见证了我们的淘气和童真的过往。

冬日的村庄格外宁静，时光之河流经腊月就沸腾了起来。开甑那天最热闹，左邻右舍也会围过来看热闹，看到甜酒发酵得不错，个个都吉言几句：甜甜蜜蜜、红红火火、大发大发。母亲会架起小火炉，煮上一大锅甜酒，在甜酒里放入红枣、桂圆和鸡蛋。亲朋好友们围坐在一起喝着甜酒，拉着家常：明天老田家杀年猪，大伙可以去称点新鲜肉；张师傅的甜酒后天出甑，看看发酵发得怎么样；隔壁的小杨带女朋友回来，听说是贵州的；熊老师的儿子调到县城工作了，今年接他们二老去县城过年……你一言，我一语，其乐融融，一串串欢声笑语在乡间的上空飘荡。围观的小孩络绎不绝，耄耋老者慈祥的笑靥里漾开了欣喜与幸福，甜酒带给父老乡亲们甜蜜的时光。

昔日坑坑洼洼的黄泥路已变成了一条条宽阔的水泥公路，村口的水桐树依旧在风霜雨雪中奋力生长。这次回到老家，我和父母一起酿造甜酒，大功告成后母亲煮了一大锅甜酒，先给我盛了一大碗。亮晶晶的糯米粒和红彤彤的大枣在酒酿的怀抱中，冒着热气，泛着光芒。我深吸一口气，氤氲在嗅觉的皱褶里，久久不能释怀。浅尝一口，糯米绵柔香糯，在舌尖轻轻地碾过，一股暖流直抵胃囊，瞬间融化在我的心里。酒酿清甜温润，又夹杂着几分米酒的酸涩和甘洌，回味无穷。甜酒的馥郁芳香从舌尖缓缓蔓延到心底，蔓延到无边无际的年味中……

香甜醇厚的甜酒打磨着简朴的乡村时光，滋养着一代又一代的子民，暖胃，暖心。手捧一碗甜酒，沉浸在故乡的怀抱里，内心泛起感动的涟漪。

藜蒿炒腊肉

立春时节,艾草还在泥土中犹豫不决,藜蒿已喜出望外。

母亲用微信发来语音:"小溪边的藜蒿、水芹菜都已长出三四寸高了,香椿树抽芽了,不出三天都可以采摘了。你们想一下还要哪些土特产?到时候各种野菜都采摘几把,打真空包装,给你们快递到深圳……"

美好的事物总是充满期待,顺丰小哥搬来沉甸甸的包裹,我迫不及待地打开了泡沫箱。带着乡野的气息,各种野菜的气味扑鼻而来,充斥着我的鼻腔,瞬间,内心激荡起思乡的微澜。捧起一丛丛野菜,翠绿水嫩的藜蒿新鲜得像刚从泥土里拔出来似的,细闻,仿佛还能听到它们的轻言细语。这定能成为一道美味十足的好菜——藜蒿炒腊肉。

炒藜蒿最好选择五花肉腌制的腊肉,肥瘦适中,口感极佳。先把熏制好的腊肉放入锅中"煮水去盐"(煮沸沥水,加水再煮,共三次),出锅冷却。切片,腊肉油光锃亮,皮色橙黄,瘦肉棕红,烟熏腊肉特有的熏香味随之四溢。将藜蒿清洗干净,切段;红辣椒,切丝;大蒜头,捣碎,待用。

将切片的腊肉倒入热锅中，先大火翻炒几下，再小火煸炒，肉片渐显金黄剔透，继续煸炒，肉片微卷，出锅。用腊肉的热油炒菜最香：先把红椒、蒜末入锅翻炒，再倒入藜蒿，爆炒一分钟左右，放入少许盐，翻炒，最后把已炸油的腊肉倒回锅中，翻炒几下，出锅。醉人的菜香氤氲在厨房，忍不住直咽口水。

晶莹剔透的腊肉，青翠欲滴的藜蒿，在红椒和白蒜的点缀下，色、香、味俱全，诱惑着味蕾，煽动着乡愁。我情不自禁地拿起了筷子，入口，腊肉肥而不腻，藜蒿鲜脆爽口，走胃更走心。腊肉的味道、藜蒿的味道、亲情的味道蜂拥而至，美味在心间绽放，思绪已驰骋到千里之外的家乡，家的味道，如此自然。

盛上一碗米饭，夹起一根根藜蒿，细嚼慢咽，把美味的菜肴和我的思念一起咽下。

蕨菜飘香入梦来

春暖,燕归来。破土而出的蕨菜,让勤劳的农人掩藏不住脸上的笑容。

蕨菜,又名拳头菜、龙头菜,外形似缩小版的"龙头拐杖"。之所以把它归纳于"野菜"之列,其一是它的生存能力极强,山坡上、竹林中、茶园里、小溪边都有它们的踪影;其二是采摘蕨菜无须划定界限,不管是谁家的山坡、竹林或茶园中长出的蕨菜,见者均可采摘。蕨之食用,源远流长,始见于《诗经·召南·草虫》:"陟彼南山,言采其蕨。"陆玑为《诗经》注疏时言:"蕨,山菜也。初生似蒜,茎紫黑色,可食如葵。"

湘北的山野,蕨类众多。小时候去采摘蕨菜,父母都会教我分辨:一种为浅紫色,茎秆如筷子大小,轻嚼微甜,俗称为"甜蕨",可食用;一种为青绿色,大小与"甜蕨"相仿,味苦,俗称"苦蕨",不可食用;还有一种比较纤细的俗称"毛蕨",亦不可食。采摘时都是采甜蕨。拨开沾满露珠的枯草丛,一株株茎秆肥嫩,头顶"小拳头"模样的蕨菜映入眼帘,甚喜。手握茎秆轻轻一折,"啪"的一声,一把把粗壮肥硕、鲜嫩欲滴的蕨菜已坠入竹篮中。在广袤的山野间寻觅，我每次都能满载而归。

新鲜的蕨菜味道最佳。母亲把采摘回来的蕨菜，撸去绒毛，掐成寸节，洗净沥干。再倒入沸水中焯一次，腾起的热气中可闻到泥土的芬芳和阳光的味道，最后沥干备用。将切片的腊肉倒入热锅中，小火炸油，待肉片微卷，倒入蕨菜，爆炒几分钟，放盐、胡椒、辣椒等调料，最后撒入大蒜叶翻炒几下，起锅。蕨菜炒腊肉的香味氤氲在整个厨房，不禁馋涎欲滴。入口，清脆爽口，香而不腻，令人食欲大增。母亲常说："以前炒蕨菜哪里会放腊肉，油都少得可怜，炒熟就行，你们现在是有口福了……"忆苦思甜、勤俭节约似乎成了母亲一辈子的座右铭，她用勤劳的双手，制作出一道道淳朴而又香甜的人间美味，丰盈着我家的餐桌，也温暖着我的童年。陆游曾吟诗点赞蕨菜："箭茁脆甘欺雪菌，蕨芽珍嫩压春蔬。"确实名不虚传，时隔多年回想，仍是美味无穷。

农人们都深谙"一年之计在于春，一生之计在于勤"的道理。蕨菜的采摘期非常短，要想有所收成，就得跟时间赛跑。晨露未晞，大伙就来到山野中，把采摘的蕨菜挑到镇上的凉菜店或学校的食堂，越新鲜价格越高。我和几个同龄的孩子也会帮着父母去采摘，在山谷间追赶、打闹、呐喊，此起彼伏的回音，让我们心花怒放。"有一只野山羊！"堂哥尖叫一声。飞奔出去追赶野山羊，我们紧随其后，一直追到另一座山的半山腰，野山羊的踪影消失在茂密的树林里，我们气喘吁吁地坐到地上。当我们再回到山谷时，新鲜的蕨菜已经被别人采摘完了。又翻了半座山，也很少见到甜蕨。我们对视一眼，计上心来，纷纷跑去采摘苦蕨，苦蕨垫底，铺几层甜蕨在上面，兴高采烈地背着竹篮回家。

本以为这招可以瞒天过海,结果都被自己的父母发现了。农村人的实诚是刻在骨子里的,甜蕨里不能混苦蕨,香蒿里不能掺苦艾,不能把雨前茶当明前茶卖,虽没有任何的条条框框,大家心里都有一杆秤,恪守诚信。父母亦没有过多的责怪,让我把一株株苦蕨甄选出来,挑选完后,"苦"多"甜"少。望着两堆参差不齐的蕨菜,父亲轻描淡写地说了一句:"无论为人做事,都要做到问心无愧。"我只觉得脸颊一阵滚烫,不知所措。母亲示意我把苦蕨菜丢到池塘里,剩下的甜蕨菜不要卖给别人了,自家留着做干蕨菜。我赶忙跑去烧开水,把甜蕨沉入开水中焯一滚,捞出,沥干水分,平铺,晾晒。趁着晴日反反复复地晾晒几天,直到茎秆干透,入袋封存,一直可食用到来年的春天。

　　待到腊月,母亲把干蕨菜放到温水中浸泡。经过4—5小时,得到水分滋润的茎秆慢慢地舒展开来,紫色的外皮渐渐地饱满起来。母亲指着水中的蕨菜说:"甜蕨就是甜蕨,苦蕨就是苦蕨,就算晒干、泡水也骗不了人。"那天母亲做了一道腊肉炒蕨菜,夹起一根根蕨菜,我觉得心里特别踏实,那是我童年时代吃过最好吃的蕨菜。

　　时光遥遥,记忆却清晰如昨。蕨菜于我是舌尖上的美味,是精神上的食粮。那淳朴的香味飘荡在岁月的褶皱里,又时常飘入我的睡梦中。

〈后记〉

感恩遇见

当这些零零散散的散文和随笔整理成一本书的时候，诚惶诚恐，无数次在内心泛起感动的涟漪。

《流年》散文集得以出版，首先我要特别感谢著名诗人、艺术家远人主席，他的笔耕不辍、严谨务实，让我感受到了榜样的力量；他的熏陶与勉励，给了我无穷的动力。感谢光明作协各位老师一直以来的鼓励和指导，让我受益匪浅；还有汪小说、李思琪、李雨融等优秀的"后浪"，她们的认真与勤奋，更值得我学习。感恩在写作道路上遇到的每一位老师和朋友，感谢你们的斧正、支持与帮助。

毕竟，这是人生的第一部散文集，意义特别，感慨良多。用记忆向昨天致敬，用文字点燃明天的希望。这些装订成册的文字，亦无法完全诠释我内心的感恩，只能深深地道一声：谢谢！

2021年4月1日，我写的随笔《追忆天堂里的外公》刊登于《宝安日报》，欣喜之余，心中又一次燃烧起写作的激情。利用闲暇时间，先手写，再录入电脑，一篇篇地开始码文字。一部分是追忆故园往事；一部分是我的深圳故事；大部分文字是记录光明，通过实地探访光明区的景点或文物古迹，了解这里的历史、人文和民俗。当一篇篇散文小叙陆续登报,信心倍增。码字渐入佳境,如履薄冰,开始咬文嚼字,如是"后备厢"还是"后备箱"?亦更加敬畏文字。

在与莫成安大叔交流时,我才知道玉律村的历史可以追溯到南宋时期,一湾温泉承载着玉律居民的希冀与思念。在这片神奇的土地上,人杰地灵,钟灵毓秀,玉律由一个以传统农业为主的村落,通过一代又一代人的努力,建设成为以新型工业为主的现代化都市。访私塾、阅族谱、逛新城,切身体会鹏城热土正发生着的日新月异的变化。通过拜访麦汉南先生,我了解到原来龙湾村的"麦氏"先祖是隋唐名将麦铁杖。步入被岁月淘洗的祠堂,每一件陈年旧物,都烙上了历史的印记。我真真切切地感受到,一座小小的祠堂,承载着乡愁,赓续优良家风,推动着民间文化的发展。在交流与探访中,那些触及灵魂的事与物,一次次地推动着我轻叩文学的大门。

身边好友有时候会读我的文字,常有调侃、褒奖或指正。当他们问我自我感觉文笔如何,"写作已起步,文学未入门"是我对自己的评价,为什么呢?因为我码的文字大部分用生活语言记录。通俗,易懂,语言颇为浅显,文字不够凝练,更称不上文学创作,只是记录了一些普通人的真实经历,离传统意义上的文学语言、艺术语言还相差甚远,或者说还未入门。

为此,我时常告诫自己,多点阅读!多点阅读!书中自有智慧树、桃花源、忘忧泉、明镜台。步履无法抵达的地方,在书中可以遇见。每每合上书页,望着天花板,或仰望星空,遥想,世界如此美好,而我知之甚少……小说、散文、诗歌,任何一种文体,都蕴藏着真、善、美的人文精神,如一缕春风,似一泓清泉，带给我无尽的遐想、温暖和感动。

遨游书海，阅读的时光从不会虚度。遥望星辰，你又会联想到什么？

加西亚·马尔克斯曾说："生命中真正重要的不是你遭遇了什么，而是你记住了哪些事，又是如何铭记的。"静坐听雨，伏案执笔，把那些或美好，或铭心，或感动的瞬间记录下来。穿越生命之河，回望，在文字中看见自己、塑造自己、点亮自己。

豪尔赫·路易斯·博尔赫斯说："花只是静静地开，却让许多眼睛找到了风景。"当我敲下这几行文字的时候，光侨路旁的凤凰花正悄然怒放，满庭芳香。遥望一树凤凰花，它也正朝着我笑。对视，造访，共情，守望，隔着玻璃，它正朝着房间里探望，此刻，我成了电脑桌前唯一不动的风景。狂野的气息向我袭来，我屏住了呼吸。闭目，静待着浮躁的内心平复。万籁俱静，似处于虚幻之境，好生空灵，我仿佛听到了凤凰花和南洋楹的寒暄与浅笑……

太阳转身了，灵魂还在赶路。"万卷古今消永日，一窗昏晓送流年。"学海无涯，感恩遇见！

彭　毅
2023年4月30日于深圳